目次

1

誰かが見送っている。
遠くへと去っていく自分を。
寂しそうな顔で見送っている。
行かないでほしい。
泣くのをぐっと堪《こら》えたその瞳は、雄弁にそう語っていて。
だけど、両親に手を引かれた自分は立ち止まれない。
それは、上名木《かみなぎ》家の当主が都会へと出奔した日。
自分があの子を見た最後の日。
もうあの子の顔は思い出せないけれど。
あの子はまだ――あそこにいるのだろうか。

＊

——どこかに流されている。それが最初に取り戻した感覚だった。

流されているというからには川なのだろうか。少なくともプールではない気がする。もっと寒々しくて、どこか安心する場所だ。

水はひどく冷たい。だけど、不思議と「寒い」とは感じなかった。

自分の体温はもう下がりきって、水の流れに溶けていくような。そもそも、全身が水に沈んでいるというのに息苦しさもない。

『ここはどこなのか』

——どこだっていい。

『自分は誰なのか』

——そんなことどうだっていい。

次々と浮かぶ疑問が、清らかな水の流れに押し流されて、穏やかな眠りの向こうへと消えていく。

溶けていく。

自分が自分であったという事実が、それを証明する痛みや苦しみが。

今なお燻《くすぶ》っていたはずの執着が。

代わりに訪れるのは安らぎ。全てを癒やす安穏たる時間。

ぼんやりとした思考の中、体が水に溶けていく。

――最後に、ふと疑問が頭をよぎる。

『どうして、自分はここにいるのか』

そこに思い至った途端、腕に抱えた大切な存在を思い出し――少年の意識は急に現実へと引き戻された。

「うえっ、げほげほっ……」

川岸に打ち上げられ、えずきながら水を吐き出す少年。彼が身にまとう大仰な巫女《みこ》服はずっしりと水を吸い、起き上がろうとする動きを阻む。

「なに、が……」

ぜえぜえと荒い息のまま顔を上げた彼の目の前に広がっていたのは、全く見覚えのない場所だった。

屋外であることは確かだが、とにかく薄暗い。

視界一面に広がる森は鬱蒼《うっそう》と生い茂り、空は落ちてきそうなほど重く垂れこめた灰色の雲に覆われている。

足下を見ると人形が一つ落ちていた。

人形は、ちょうど赤ん坊ぐらいのサイズで、髪は白い。一目見た瞬間、それがとても大事なものだということは思い出し、少年は慌てて人形を拾い上げた。

少年が倒れていたのは開けた川縁《かわべり》だったが、一歩でも森に足を踏み入れようものなら、頭上を覆い隠そうとする木々の枝葉によってさらに暗い道を進むことになるだろう。

一陣の寒々しい風が吹き抜けたが、鳥の一羽も飛び立つことなく枝が揺れるばかりだ。

背後を流れる大きな川には不気味なほど澄んだ水が流れている。のぞき込んでみると、やけに痩せた子供の顔が映り込んだ。

年は十代後半。ざんばらに乱れた黒い髪は肩ほどで切られたおかっぱであり、巫女服を着ていることもあって少女にも見えるが、顔つきは少年だ。

見た目の年齢からすると学生だろうか。

記憶をたどろうとすると、自分は高校に通っていた気もするし、通っていなかった気もする。混乱している記憶のまま、少年は川をのぞき込み続ける。

ふと川の中に魚どころか虫も水草もないことに気づき、その不気味さに少年は慌てて川から距離を取った。

「っ、いだっ」

なぜか裸足《はだし》だった足の裏に川岸の真っ白な小石が突き刺さる。よくよく見ると小石はひとつひとつが歪《いびつ》な形をしており、まるで何か硬いものが砕けたもののようだった。

「なんなのさ、ここ……」

小さくつぶやきながら、少年は腕の中の人形をきつく抱きしめる。

何も知らない人が見れば不気味な印象を受ける人形だが、これは大切な人形だ。絶対に、なくしてはいけないものだ。

混乱する頭でもそれだけははっきりとわかっていて、少年は人形を抱く腕に再度力を込めた。

「──そこの娘」

「へっ!?」

突然人の声がして、少年は飛び上がりそうなほど驚く。

慌てて振り向くと、そこに立っていたのは墨のように黒い和服をまとったやけに冷たい雰囲気の男だった。白く長いその髪は後ろで緩く結ばれており、ほの暗い赤色をした目は少年を射貫《いぬ》いている。

「……へ？」

端的すぎる問いかけに、雛《ひな》は目を丸くして聞き返す。しかし、白髪の男は微動だにせずに繰り返した。

「返るのか逝くのか。答えろ、娘」

「ええ、いきなり何……っていうか誰？」

「知らずとも立ち去れる。留《とど》まらずに済むのであればそのほうがいい」

「言ってる意味が一ミリもわかんないんだけど……」

「理解する必要はない。選べ、娘」

会話が全く成立しない。

警戒を強めた少年は、男をにらみつけたまま声を張り上げた。

「っていうか、娘娘って、俺は女じゃない！　男だ！」

そこに来て初めて男は、妙にぎこちない動きでこてんと首をかしげた。

「巫女装束は生娘が着るものだ」

「きむす……？　む、難しい言葉使うなよ！　巫女服着てるのが男じゃ悪いか！　好きで着てるわけでもないし！」

「では娘ではなく童子《どうじ》か」

「童子ってなんだよ、難しい言葉使うなー！」

苛立《いらだ》ちで地団駄を踏み、少年は男を指さして叫ぶ。

「大体、俺の名前は「娘」とか「童子」とかじゃなくて――」

大口を開けて少年は言葉を続けようとする。しかし、それを物理的に遮ったのは、いつの間にか目の前まで近づいていた男の手だった。

「名乗るな」

手のひらで口を覆われ少年は思わず硬直する。その手の温度が人間にあるまじき冷たさだったことも、少年の動きを奪う一因となっていた。

「名乗らず決めろ。返るか、逝くか」

男はそう繰り返すと、今度は少年が身にまとっている巫女服の襟首を摑《つか》んで彼を宙にぶらさげた。

上背のある男に対して、少年は華奢《きゃしゃ》な体格だ。簡単に体は浮かび上がり、まるで親猫に首根っこを嚙《か》まれた子猫のように少年はぶらんと持ち上げられる。

男はそのまま川に歩み寄ると、彼の体を川の真上に吊《つ》り下げた。

そこにきてようやくハッと正気に戻った少年はじたばたと体を動かし始める。

「な、何するのさっ、放せっ」

男は非人間的な仕草で再び首をかしげた。

「川に落ちて逝くのが望みか？」

すうっと全身から血の気が引く思いがして、少年は縮こまった。

「バカバカやっぱり放すな！　地面にそっと下ろせバカ！」

「俺は馬鹿ではないが」

「うるさいバカ！」

危機的状況だというのに妙に間の抜けた会話を二人は繰り広げる。その時、ふと聞き覚えのない声が二人のやりとりを遮った。

「おやおや。いたいけな子供相手になんて物騒なことをしているんです形代《かたしろ》さま。俺は悲しいですよ」

「……継喪《つぐも》」

木々の間から姿を現したのは、真っ黒なスーツを身に纏《まと》った狐目《きつねめ》の男だった。継喪と呼ばれた彼は袖で目元を押さえ、妙にうさんくさい泣き真似《まね》をしている。

「かわいそうに。放してあげましょう。それとも魂も足りないまま黄泉《よみ》へと流してしまいますか？」

「……まだ間に合う」

「いいえ、間に合いませんよ。あなたもわかっているはず」

訳のわからない会話の末に、折れたのは形代と呼ばれた和装の男のほうだったらしい。

形代は川から離れると、地面に少年を放って解放した。

「いだっ、な、何するのさ！」

「下ろしてやった」

「もっと丁寧に下ろせよー！」

少年が子犬のようにぎゃんぎゃん噛みつくも、形代には一切響いていない。それがまた悔しくて、少年は唸《うな》った。

そんな様子を眺めて、継喪は口元に手を当てながらくすくすと笑う。

「ふふ、とても仲が良《よ》いようで」

形代は首をかしげた。

「俺たちは仲がいいのか」

「よくない！」

ほぼ同時に言う二人に継喪はさらに笑みを深くする。そんな彼をにらみつけながら、注意深く少年は立ち上がった。

「……なんなのさ、あんたら」

狐目の男は手を胸に当てて大げさな仕草で一礼した。

「俺は継喪。こちらの形代さまの従者です」

そう言いながら継喪は形代を腕で示す。

「俺たちはこの黄泉平良坂《よもつひらさか》で、魂を導くことを仕事にしているのですよ」

「よも……何？」

聞き覚えのない単語を出され、少年の頭の中は疑問符で満たされる。

この言い方だったらきっと地名なんだろうけれど……。

首をひねる少年に、さくさくと白い河原を踏みしめながら継喪は近づいてくる。

「さて、アナタはどこから来たどなたですか？」

「俺は……」

少年は少しためらい、ちらりと形代を見たあとに口を開いた。あいつは名乗るなって言ってたけど……まあいいか。

「俺は、上名木雛《かみなぎひな》。上名木って古い家の……都会に出てるけど一応、本家の長男で、ここには……流されてきた、んだと思う。目が覚めたら川岸にいて……」

形代は不機嫌そうに目を細めた。

「う、うるさい—！　わからないんだから仕方ないだろー！」

「その方が良い」

「曖昧だな」

「な、何がいいんだよ！」

何の説明もない端的な言葉に雛は思わず噛みついてしまう。そんな二人の間に継喪は割って入った。

「まあまあ。流される前は何を？」

「……魂送《たまおく》りをしてたんだよ。……父さんと、母さんの」

たまおくり。

その言葉をきっかけに、ぼんやりとしていた記憶が少しだけ鮮明になる。

自分の名前は雛。都会の高校に通っていた。

ここに来る前に向かっていたのは、上名木家の管理する深い洞窟。足下には清らかな水が流れ、ぞっとするほど冷たい空気が満ちた場所。その奥にあるらしい社《やしろ》に、自分は向かっていたはずなのだ。

この、大切な人形を携えて。

「ふむなるほど」

継喪はひとり納得するような声を上げると、雛が大事そうに抱えていた人形をひょいっと上から奪い取った。

「失礼」

「あっ」

腕の中から人形が消えたことに気づき、雛は継喪に手を伸ばす。

「か、返せよ！」

「少し見たら返しますよ」

高い位置で人形をあらためる継喪の手には背の低い雛は届かない。何度かジャンプをして奪い返そうと試みたが全て失敗に終わり、拗《す》ねたような顔で雛は引き下がった。

「ふむふむ、祭礼用の人形ですね」

「……早く返せよ」

「ええ、もう少しお待ちなさい」

「うるさい早くー！」

地団駄を踏んで返すように主張するも、継喪にはまるで響いていない。雛は情けない気分になってきてうつむいた。

「お願いだから返せよ、俺の大切なものなんだよ……」

思った以上に弱り果てた声が雛の口から漏れる。継喪はそんな雛を見下ろして片眉を跳ね上げた。

「ええ、そのようですね。お返ししますよ」

雛は下ろされた人形を奪い返し、継喪から素早く距離を取る。ほとんど子猫が威嚇しているような動きだ。継喪は面白いものを見る目でそんな雛を眺めていた。

「もう取ったりしませんよ」

「うるさい。わからないだろ」

「信用がありませんね。悲しいです。しくしく」

「わざとらしい……」

目元に手を持っていき泣き真似をする継喪に、雛はさらに警戒を強めて距離を取る。

そんな二人を遮ったのは形代の一言だった。

「継喪」

「……ええ。申し訳ありません。彼で遊ぶのはこれぐらいにしましょうか」

咎《とが》めるような声色に継喪は肩をすくめた。

「雛、あなたは亡くなられたご両親の魂をその人形に乗せて黄泉の国に送ろうとした。大方、祭礼として川に流そうとしたのでしょう」

まるで見てきたかのように言う継喪に、サイレイって何だろうと足りない知識を総動員しようとしたが、言い当てられて驚いているとでも判断したのか継喪は涼しい顔で付け加えた。

「こうした流し雛の風習はどこにでもあることですから」

いまいちわからない単語を継喪は口にするが、よくあることなのだということだけは理解できた。そして、改めて指摘されたせいか芽生えてきた心細さに雛は少し目を伏せ、人形を抱く腕にぎゅっと力を込める。

「……父さんと母さんが事故で死んで、お葬式をするってなって……俺の家に伝わる魂送りをすることになったんだ。父さんたちの魂が迷子にならないように、息子の俺がちゃんと黄泉の国に導くって……」

「ふむふむ。それがなぜあなたが流れてくる事態に？」

「うっ……」

雛は言葉に詰まる。

しばしの沈黙。それを破ったのは形代の端的な一言だった。

「流すための川にお前が落ちたのか」

また沈黙。雛は徐々にうつむき、その顔は赤く染まっていった。

やがてガバッと顔を上げると、雛は二人に噛みつく。

「そうだよ悪いかよ。なんで落ちたかは覚えてないけど、魂送り中に水に落ちて流されて、気づいたらここにいたんだよ！」

情けない自分の失態を大声で告白させられ、雛の目元には羞恥からじわりと涙が浮かぶ。

形代はぽつりと言った。

「愚鈍だな」

「ぐど……？」

「それほどの粗忽者《そこつもの》でよくその年まで生き長らえたものだ」

「そこつ……？」

語彙力の乏しい頭ではすぐに理解できず、雛はしばし首をひねる。

やがて一つの結論に至った雛は形代を指さした。

「わかった。俺のことバカにしてるんだろ。そうやって難しい言葉ばっかり使って」

「馬鹿にしたつもりはないが」

「うるさい。絶対にバカにした」

唇をとがらせて決めつける雛にとぼけた顔の形代。

のれんに腕押しのそのやりとりに、継喪は再びくすくすと笑い出した。

「そっちも笑うなよ」

「笑っていませんよ、ふふふ」

「笑ってるだろ！」

今度は継喪に噛《か》みつくもこちらにも一切響いた様子はない。

やがて、継喪はしたり顔で何度もうなずいた。

「あなたの事情はわかりました。すぐにでも対処してあげたいところなのですが……その前にひとつ片付けたい仕事がありまして」

「対処してほしいとか言ってないけど……」

「ですが困っているのでしょう？」

「ぐ」

図星を指され、雛は何も言えなくなる。

「さっきも言った通り、俺たちの生業《なりわい》はこの地に淀《よど》んでしまった魂を導くこと。『骨拾い』と俺たちは呼んでいます」

「魂を導くとかファンタジーすぎる……」

「おや、雛も魂送りをしていたのでは？」

「俺のはただのお祭りみたいなものだよ。そういう風にやりなさいって家の人たちに言われただけだし……」

　そうやって言葉にしてみると、はっきりと思い出してくる光景がある。

　両親の名前が書かれた人形。一族の名前も知らない奴らに囲まれ、飾り付けられ、人形を託される自分。

　これを、黄泉《よみ》に送らなければならない。訳の分からない現状でもそれだけははっきりと分かり、言い知れない焦燥が雛を焼く。

「父さんたちがこんなことになるまで、魂とか本当にあると思ってなかったんだよ。……でも、もし本当にあるなら、ちゃんと迷子にならないようにあの世に送ってあげたいって、そう思っただけで」

「なるほどなるほど。あなたの身の上話はあとにしましょうか」

「……聞いたのはそっちなのに」

「ええ、ええ。そうですね」

　子供の癇癪《かんしゃく》を聞き流すような雑な扱いで継喪は雛の言葉を流して、ふと空に目を向ける。

「……ああ、いましたね」

　何かを見つけた継喪は、生い茂る木々のうちのひとつを指さした。

「雛、あちらを」

「え？」

「魂は存在しますよ。ほら、そこにも」

彼が指さした先には、一羽《わ》の小鳥が枝に止まっていた。大きさは雀《すずめ》ほどだが、その姿は

――全身が骨だけで構築されている。

「えっ、鳥の標本が……骨だけなのに、生きてる？」

常識ではありえない存在に、雛は口をぽかんと開ける。一方、形代はそんな鳥に手を伸ばしたところだった。

「来い」

鳥に対して呼びかける形代。しかし鳥はそんな形代を拒絶するように一鳴きすると、枝から飛び立ってしまった。

その後ろ姿を剣呑《けんのん》にらみつける形代に対し、継喪は面白そうに笑っている。

「ふふふ、少々お転婆ですね」

「え、なんなのさ、あの骨の鳥？」

混乱しながらも尋ねる雛を、継喪は見下ろす。

「骨拾いと言ったでしょう。あの動物こそが俺たちの呼ぶ『骨』であり、この地に留《とど》まっ

てしまった魂の欠片《かけら》というやつなのですよ」

「魂って……」

「ここは黄泉平良坂。あの世とこの世の境目ですからね」

雛はきょとんと目を丸くし、それから混乱で瞳を揺らした。

「え、あの世って……俺、死んだってこと？」

「さあどうでしょう。どちらにも行けない状態であることは確かですが」

含みのあることを言いながら継喪はまた笑う。その様子が腹立たしくて、雛は顔をしかめた。

「それより、先にあの骨をなんとかしてしまいましょうか。……泥よ、ここへ」

継喪が手をかざすと、まるで引き寄せられるかのように地面がせり上がり、泥の箱が現れた。

箱は棺桶《かんおけ》のようにゆっくりと蓋を開き、その内側に隠していた存在をあらわにさせる。

そこに入っていたのは、和服を着た少女の人形だった。その大きさはちょうど人間と同じぐらいで、目はかたく閉じられている。

人ではなく人形だと断じた理由は、その腹部に空いていた大きな穴だった。少女の着物の前ははだけられ、つるりとした無機質な胸の下にぽっかりと空洞がある。

空洞の中を覗《のぞ》いても内臓は見当たらなかったが、骨格は存在しているようだ。白い骨がちらほらと視認できる。だけど、どうしてか「足りない」という印象が強い。

……一番大切なパーツが欠けている。雛には不思議と、少女の人形がそういった類《たぐ》いのものに見えた。

「骨組人形はこちらに。もうあまり時間はありませんよ」

「わかっている」

形代は短く答えると、離れた枝に止まった小鳥に再び手を伸ばして語りかけた。

「骨よ、あるべき場所へ戻れ」

形代と小鳥の視線が交わる。形代は小鳥が止まりやすいように指を丸めてなおも促した。

「もう時間はない。現世に戻るすべもない。無事に黄泉へと渡りたいならば今だぞ」

小鳥は動かない。形代はさらに言葉を連ねた。

「それとも……取り戻せないまま喪《うしな》われてもいいのか。失ってきたものも、得てきたものも、お前の持つ全てを」

憂いを吐き出すように告げられた言葉。小鳥はためらうように枝の上で数度首をかしげると、大きく羽ばたいて飛び立った。向かう先は、雛たちが立っている地面だ。

しかし、小鳥が降りてこようとしている先は形代の指ではなかった。

「えっ」

小鳥が、自分に向かって飛んできている。雛がそう気づいた瞬間には、小鳥と雛の距離はもう幾ばくもなかった。

――避けられない。咄嗟《とっさ》に動かない体で雛は目を閉じることもできずに、その接近を見つめる。そのまま小鳥は、一直線に雛の顔へと飛来し――

「――っ⁉」

チカッと点滅する視界。青色の光。

一瞬だけ見えたのは、今立っている森とは異なる室内の様子だった。

*

妙齢の婦人と一人の少女。

少女は、継喪が泥から出した人形と同じ見た目をしている。

二人がいるのは、畳の部屋。足下には広げられた色とりどりの和服。

嬉《うれ》しそうに、だけど気恥ずかしそうに二人は話し合っている。

母娘《おやこ》なのだろうか。

場所は変わる。

婚礼の風景。

だけどそこに母の姿はない。

幼い花嫁は、母の着物を纏《まと》い、遠く離れた地へと嫁いでいく――

＊

再びきらめいたまばゆい青色の光とともに、雛の意識は元通りの森の中へと戻ってきた。

混乱する雛の頭には小鳥がちょこんと座って毛繕いをしている。

「なに、今の……？」

「おや、何か視《み》えたのですか？」

「ん……うん、和室に女の人と女の子がいて……？」

困惑しながらも素直に答える雛の頭の上で、小鳥は数度跳ねてから飛び立つ。形代はそんな小鳥に指を差し出した。

「こちらだ。お前の未練を見せてみろ」

小鳥は数度はばたくと、今度は素直に形代の指に止まる。形代はそれをそっと受け止めると、小鳥と額を合わせて目を閉じた。

「──婚礼、母、着物──」

ぽつぽつとつぶやく形代に、ふと雛は気づく。

もしかして、さっき自分が見た光景を形代も……？

その問いに答える者がないまま、形代は目を開いて泥の箱に入った少女人形に骨の小鳥を差し出した。

「骨組人形。お前の未練は──『母からの贈り物』」

その途端、小鳥を構成していた骨はほどけ、空洞だった少女人形の腹へと吸い込まれていった。

ガラス片のようにきらめきながら自壊した骨はあっというまに組み上がり、少女の体を構築していく。やがて、穴の開いていた少女の腹は、傷痕もなく綺麗《きれい》に修復された。

呆気《あっけ》に取られながら雛がそれを見ていると、少女のまぶたがぴくりと動く。そのまま目を開いた少女は、何かを納得したように息を吐き、ぽろぽろと涙をこぼし始めた。

「ああ、そうか、私……」

少女は顔を覆って泣いていたが、不思議と悲しそうではなかった。

彼女は何かを取り戻したのだ。自分にとって一番大切な、何かを。

「私、ずっと後悔していた。母様に見送ってもらえなかったことを。もしかしたら、恨んでいたのかもしれない」

「ああ」

「でも、母様のことを思い出せて良かった。忘れたままなのは、きっと悲しかったから」

「そうか」

やけに大人びた口調で語る少女に、形代は感情を感じさせない声色で淡々と返事をする。

やがて泣き止《や》んだ少女は深々と形代に頭を下げた。

「ありがとう、形代さま。これでやっとあちら側に逝けます」

「そうか」

「さようなら。あなたもいつか――」

最後まで言うことなく、少女の体は光の粒となっていく。やがてその全身が光となり、少女は消え失《う》せた。

残されたのは一仕事終えた顔の継喪と無表情な形代、そして何もわかっていない雛だけだった。

「終わったの……？」

「ええ。無事、あの子の魂は黄泉の国に向かいましたよ。もう物も言えぬ状態でしたので、ギリギリ、というやつでした」

やれやれと言いながら、継喪は自らがせり上がらせた泥の箱を元通りに沈ませていく。

「俺たちは飛び散ってしまった魂の骨を拾い集め、こうして人の形に戻すことで魂を『黄泉の国』——あの世に送っているのですよ」

「あの世……」

ここが、この世とあの世の境目だという話を思い出し、雛は一気に気分が沈む。

自分がどうしてここに流れてきたのかはわからないが、彼らが言っているのは本当のことのように思える。だったら、自分はやっぱり——

「さて、あなたの話に戻りましょうか」

継喪は振り向くと、笑顔で雛が抱えている人形を指さした。

「あなたが後生大事に抱いているその人形。そちらにはあなたのご両親の魂は入っていませんよ」

「……えっ」

さらりと告げられた事実に、雛の思考はフリーズする。そんな雛に、継喪はたたみかけた。

「おそらく何らかの要因で魂が砕け、この地のどこかに散らばってしまったのでしょうね」

両親の魂が砕けている。この人形は抜け殻。

告げられたその二つの事実をゆっくりと呑《の》み込み、雛はうつむいた。

「そんなこと急に言われても、俺、どうしたら……」

別に最初からこの人形に魂が宿っていると信じ切っていたわけじゃない。

だけど、もし本当に人形に魂が宿っていたのなら。そして、それが今迷子になっているのだとすれば。

「父さんたち、このままじゃあの世に行けないの……？」

弱々しくつぶやく雛。継喪はそんな彼の頭上から声をかけた。

「雛、提案があります」

途方に暮れた表情で雛は顔を上げる。継喪はいまいち真意が読めない表情でにこにこと笑っていた。

「あなたにはどうやら視る才能がある様子。どうです？　その才能で俺たち二人の生業《なりわい》を手助けするというのは」

意外なことを言い出した継喪に、雛は思い返す。

「視るって……さっき小鳥とぶつかった時に見えた夢みたいなやつ？」

二人の女性が部屋にいる光景。

ぼんやりとしたイメージでしかなかったが、どこかの情景が見えたことは確かだ。

継喪はうさんくさく笑んだまま答える。

「ええ。それはあの小鳥の持っていた未練の記憶です。未練を紐解《ひもと》くことができれば、魂は黄泉《よみ》へと逝ける。あなたにはそれを視る才能があるのです」

「視る才能……」

才能だなんて言い方をされると、なんだか褒められた気分になって照れくさくなってしまう。まんざらでもない気持ちで雛は尋ねた。

「手助けってさ、今したみたいなことを俺もやるってこと？」

「あそこまでは求めませんよ。雛にお願いしたいのは雑用です」

「雑用ねえ……」

それならできるかもしれない。でも、会ったばっかりのこいつらを信じてもいいのか。

人形を抱いたまま考え込む雛に、継喪は言葉を重ねる。

「もし手伝ってくださるのなら、あなたのご両親の魂の行方を優先的にお捜ししますよ」

継喪の言葉に雛は視線を泳がせると、まるで守るように人形を抱きしめた。

「魂が本当にあるとか、正直まだ半信半疑だけど……」

一度言葉を切り、まっすぐに雛は継喪を見上げる。

「手伝えば、本当に父さんたちの魂をあの世に送ってくれるんだよね」

「もちろんです。今なら、それが終わったあとのあなたの処遇まできちんとお世話します」

にこにこと笑いながら告げる継喪に、雛は心を決めた。

「わかった。手伝う」

「ええ、ありがとうございます。とても、助かりますよ」

継喪は嬉しそうに目を細める。どこか不気味にも見えるその仕草に、雛は早速了承したことを後悔しはじめていた。

その時、ふと視線を感じて雛は振り向いた。

「……何にらんでるのさ」

そこには剣呑《けんのん》な目つきをした形代が、じっとこちらをにらみつける姿があった。

しばしにらみ合う二人。

先に目をそらしたのは形代のほうだった。

「何でもない」

そう言い残すと、サクサクと石を踏んで形代は去っていく。

突然喧嘩《けんか》を売られたような気分になって、雛は憮然《ぶぜん》と唇を尖《とが》らせる。

「なんなのさ、あの人」

「ふふふ。形代さまはシャイというやつなのです」

「ふーん」

納得したようなしていないような気持ちで雛は形代の後ろ姿を見送る。

その視線を遮るように、継喪は雛に手を差し出した。

「さて、話も決まったことですし帰りましょうか。我らが『骨組堂《ほねぐみどう》』へ」

2

名乗るべからず。

振り返るべからず。

答えるべからず。

黄泉のものを、食らうべからず。

＊

川から離れ、薄暗い森を歩きだす。前を歩いていたはずの形代《かたしろ》の姿は、遙《はる》か先に行ってしまってもう見えない。

「なあ、『骨組堂《ほねぐみどう》』って何？」

「『骨組堂』とは俺たちが居を構えている屋敷《やしき》のことです。黄泉に逝けず、困った人形たちがやってくる場所と考えればわかりやすいかと」

「ふーん、店みたいな？」

「性質的には役所に近いですがね」

そう言うと、継喪《つぐも》はなんだか疲れた雰囲気でため息をついた。意地悪な性格ではあるが、苦労人なのかもしれない。

「継喪、ここのこと、もっと教えてくれよ」

「構いませんよ。もう少し歩かなければ『骨組堂』のある『根の国《ねのくに》』にはつきませんから」

継喪の言う通り、いくら歩いても同じような森が続くばかりで、目的地が見えてくる気配もない。早足で歩く彼に、雛《ひな》は小走りで追いついた。

「あなたが流されてきたあの川は『禊ぎ川《みそぎがわ》』といいます」

「『禊ぎ川』？　よもつひ……とかも言ってたけど、なんか変な響きの地名ばっかりだよな」

雛が首をかしげていると、継喪はなぜか苦笑したようだった。

「ここは現世に存在する場所ではないのですから当たり前ですよ」

「存在しない？」

いまいち実感がない雛はあたりを見渡す。確かに不穏な雰囲気ではあるが、普通の森の風景だ。ただひとつ違和感があるとすれば、先ほどの骨の鳥以外、生き物の影が見えないということだが。

「ここは、この世とあの世の境界。迷える魂が吹きだまる場所なのです。ほら、本とかで見たことがありませんか？　異界というやつですよ」

「異世界？　……じゃあ魔法とかあるの⁉」

若干年齢よりも幼稚な反応で目を輝かせる雛に、継喪は額を押さえて嘆息した。

「まあ似たようなものはあるにはありますが、この現代っ子が……」

「頭痛いのか？　大丈夫？」

「あなたのせいですよ。一昔前は神隠しと言えば通じたものですがね……まったく、これだから最近の若い魂は」

「なんかおじーちゃんみたいなこと言うんだな」

「誰がおじーちゃんですか誰が」

じとりとにらみつけてくる継喪に、雛はにひひと笑う。

「神隠しなら俺も知ってるよ。神様が子供を誘拐するやつでしょ」

「だから言い方が……」

「だったらさ！　継喪やさっきの形代ってやつは神様なのか？」

「あなたさては相当のマイペースですね？　人を苛《いら》つかせる才能がありますよ」

「えへへ……」

「褒めてません」

照れ笑いを浮かべる雛と、臓腑《ぞうふ》まで吐き出してしまいそうなほど深いため息を吐く継喪。

「才を見いだしたのが自分とはいえ、先が思いやられますね……」

「で、神様なの？　違うの？」

「少しは落ち着きを持ちなさいこのクソガキが！」

継喪の大きな手が雛の頭に乗せられ、そのまま指の力で握りしめられる。

「痛い痛い痛い！」

「つい先ほどまで子ネズミのように弱り果てていたから弱みにつけ込んであげようと……

こほん、情けをかけてあげようと思ったらこれですか。俺は悲しいですよ、しくしく」

「今、何か言いかけただろ！」

「いいえ、何も」

「嘘《うそ》つけこの腹黒おじーちゃん！」

「誰が腹黒おじーちゃんですか誰が」

「痛い痛い痛い痛い！」

漫才のような会話を繰り広げながら二人は森を進んでいく。いつの間にか周囲の風景は寒々しい印象から遠ざかり、鳥や虫の鳴き声も聞こえ始めていた。

「なんか普通の生き物もいるんだな、ここ」

あの時見た骨の鳥を思い出しながら雛は言う。継喪は片眉を上げてなんてことないという風に答えた。

「かりそめのものですよ。生きてはいません」

「え？」

「それについて先ほどから説明しようとしているのですが……もういいです。勝手にしゃべりますから、ちゃんと聞いていてくださいね」

笑顔のまま継喪は圧をかけてくる。その裏に隠された怒りにさすがの雛も気づいて、こくこくと首を縦に振った。

「よろしい。まったく……これだからガキの相手は疲れるのです」

「俺、高校生だけど」

「嘘おっしゃい。高校生というやつは俺でも知ってますよ。アナタのようにガキで幼稚な高校生がいるわけないでしょう」

「嘘じゃねーし！」

「はいはい」

怒る雛を軽くいなし、継喪は話し始める。

「この地の名前は黄泉平良坂《よもつひらさか》。実体はなく、魂と記憶のみが存在する異界なのです」

「……何一つわかんない。もっとわかりやすく言って」

「はぁ……要するに、ああして飛んでいる鳥やこの森は、魂たちの記憶が交ざり合って生まれたということですよ。記憶から生成されたデータが生きているように見せているとでも言えば現代っ子のあなたでも分かりますか」

「わかりやすい！　これから全部それで言って！」

ようやく理解できる言語が出てきたとばかりに雛は目を輝かせる。

そうしているうちに二人は森を抜け、見渡す限りどこまでも続く竹林にやってきていた。

「うるさいです。そして、この黄泉平良坂は、この世とあの世をつなぐ通り道のようなものなのです」

「通り道？　じゃあ死んだらみんなここに来るの？」

「普通は通り過ぎるだけです。アナタが流れてきた『禊ぎ川』は、魂を『黄泉《よみ》の国』に押し流す役割があるのです」

「ふーん、排水溝みたいな？」

「考え得る限り最悪な喩《たと》えをしますねアナタ。とにかく、本来魂は『禊ぎ川』に流されるまま『黄泉の国』に逝けるのです。ですが、そうもいかない魂もある」

二人の頭上を小鳥が数羽《わ》飛び去っていく。それを目で追いながら、ぽつりと雛は口を動かす。

「あの時の鳥……」

「その通り、あれは魂の未練――骨獣と呼ばれるものなのです。強い未練のある魂は川の流れに乗れず、魂の一部を取りこぼしてしまう」

雛はあの時、骨が欠けてしまっていた少女の人形を思いだした。

つまり、彼女は自分の未練が何かわからなくなってしまっていたということか。そして、それを取り戻せたから黄泉の国に逝けた。あの時、雛が見たあの光景こそが、彼女にとっての未練だったのだろう。

「未練を見失い、欠けてしまった魂は『禊ぎ川』の川岸に打ち上げられるのです。ちょうど、あなたのように」

暗に自分が今、どこかが欠けた状態の魂なのだと告げられ、雛は自分の内側が締め付けられる思いがした。

自分はもう死んでしまったのか。それとも、生きているのか。

死んでしまったならばなぜここにいるのか。もう現世には戻れないのか。それなら、一緒に来たはずの両親の魂はどこに行ったのか。

今は継喪がこうして案内してくれているけれど、わからないことだらけの心細さはどうしたって拭えない。

雛は自分を押しつぶしてきそうな不安を継喪に悟られないように——あえておちゃらけた顔を作った。

「つまりさ、排水溝が詰まった状態ってこと？」

「アナタね、黄泉平良坂の管理者が俺たちでなければ、今頃天罰で跡形もなく消されていますよ」

ごまかされてくれたのか、継喪はやれやれと頭痛を堪《こら》える仕草をしている。雛は自分の本心を覆い隠すように、にひひと笑った。

「じゃあ、継喪と形代は二人でここの掃除をしてるんだ」

「……『さま』をつけなさい。形代『さま』です」

「形代サマ」

「よろしい」

いまいち敬意のこもっていない言い方だったが、継喪は許容してくれたらしい。雛は自分を先導して歩く継喪の背中を見ながらなんとなく尋ねた。

「ねえ、『サマ』をつけるってことはさ、形代サマって偉いの？　やっぱり神様とか？」

雛の問いかけに継喪は一瞬黙り込んだ。こちらに背を向けているせいでその表情は読み取れない。

「どうでしょうね。時に縋《すが》られ、時に疎まれるのが神なら、そうなのかもしれません」

「……何それ？」

「じきにわかりますよ。……ああ、見えてきましたね」

継喪の声に雛は少し早足になって彼の横に並ぶ。

「あれが、魂の一部を欠落させた人形たちが住まう地、『根の国』です」

「根？」

彼が指さす先――今まさに自分たちが足を踏み入れようとしている場所の木々は、異様に大きく太いものとなっていた。その幹の形状もまっすぐに伸びるものではなくなり、まるで荒々しく波打つ海のように縦横無尽に広がっては別の大樹の幹と合流している。

「でっかい木だな……」

「文字通り、この黄泉平良坂を支える大樹ですからね」

「支える？」

「ええ。ほら、ご覧なさい」

指さされるままに見上げると、生い茂る枝葉の向こうに、遥《はる》か頭上まで伸びる巨大な影が視認できた。その影は空に敷き詰められた薄暗い雲を突き抜けて、さらに向こうにまでそびえているらしい。首が痛くなってしまいながら雛は口を小さく開けてそれを見上げる。

「……壁？」

「大樹の幹ですよ」

呆然《ぼうぜん》と呟《つぶや》いた雛の言葉を、継喪は淡々と否定する。

「あれが天井を支えてくれているから、黄泉平良坂はこの世とあの世を繋《つな》ぎ続けられるのです」

「天井!?」

継喪の発したありえない単語を雛は復唱する。

「ここ、外じゃなかったの!?」

「地下ですよ。もっとも、この世界に地上はありませんが」

あっさりとよくわからないことを言う継喪に困惑しながらあたりを見回していると、彼は軽く嘆息をして立ち止まった。

「ほら、うろちょろしない。着きましたよ」

継喪が立ち止まったのは、巨木のうちの一本の根元だった。

その幹は大人が手を繋いでも一周に十人は必要になるほど太く、その根元はまるで入口のように二股に分かれて大きく伸びている。足下はじっとりと濡《ぬ》れた泥で満たされており、そこには形代のものと思われる足跡が残されていた。

「まさかここに入るの？」

「ええ。『根の国』はここの地下にありますから」

平然と言いながら継喪は木の股をくぐって中へと入っていく。雛もおそるおそるではあるが、その後ろに続いた。

次の瞬間、まばゆい陽光に目を焼かれ、雛はうわっと小さく声を上げて目をつぶった。

変化したのは明るさだけではなかった。風のない冬のような寂しい温度だった周囲は春のうららかな日のような暖かさに包まれ、それまで草木のざわめく音と鳥の鳴き声ぐらいしか捉えられなかった耳は、今では人の話し声や行き交う足音を拾っている。

雛が目を押さえながらまぶしさにうめいていると、少し行ったところで立ち止まったらしい継喪の声が聞こえてきた。

「いつまでそうしているつもりですか。行きますよ」

声に促され、ゆっくりと目を開く。そこには、今までとは全く違う世界が広がっていた。

空からは温かな日光が降り注ぎ、周囲には当たり前のような顔をして人々が行き交っている。ただし、彼らの服装はどこか奇妙だ。

大まかに言うのなら和服を着ている人間が多い。洋服を着ていてもどこか古めかしいデザインだったり、日常生活ではまず着ないような服を着ている人がほとんどだ。その中で現代的なスーツを着ている継喪は、浮いた存在に見えた。

振り向くと、そこには自分が抜けてきた大樹がそびえ立っていた。大樹の根はあちら側と同様に太く、その股が出入り口になっているようだ。

「いい加減置いていきますよ」

「あ、待ってよ」

言いながらも歩き始めている継喪を追いかけて雛は駆け出す。周囲の人々は、継喪が連れてきた雛のことを物珍しそうに見ていた。

そんな視線を居心地悪く思いながら、雛は町の様子をうかがう。

地面にござを敷いた露店で声を張り上げる店主。

大きな幕を看板代わりに張った商店で、店員相手に値切っている客。

道端で立ち話をする女性たちもいれば、道行く人々の足下を縫うように走り回る幼い子供たちもいる。

いずれも活き活きとこの町で暮らしているということは一目でわかった。

「継喪さ、さっき人形が住《い》んでるって言ってたじゃん？」

「そうですね」

疑念を込めた目で雛は周囲の人々を見る。

先ほどの小鳥と少女の一件を見たので人形が動いているということに疑いは持っていないが、それにしたって彼らはあまりにも人間らしすぎる。

「この人たち、本当に全員人形なの？」

「ええ。俺と形代さまが手ずから継ぎ合わせた人形たちですよ」

「継ぎ合わせた？」

「アナタのように完全な形で流れ着く方は珍しいのですよ。ほとんどがバラバラのパーツになって流れ着く。ほら、川岸に溜《た》まっていたではないですか、無数の骨の欠片《かけら》が」

事もなげに言う継喪に雛は流れ着いた場所のことを思い出し、すぐに真っ青になった。

「まさか……あの白い小石が全部骨!?」

「ええ。あそこまで砕けてしまうともはや修復は望めませんがね」

知らないうちに本物の骨を踏んでいたという事実に、雛はぞわっと背筋を震わせる。

「じゃあ、それを継喪と形代サマがパズルみたいに組み直して、人の形にしてるってこと？」

確認するように尋ねると、継喪はわざとらしい笑みを浮かべた。

「ええ、その通りです。今度はちゃんと理解できて偉いですねー！」

ぱちぱちと拍手までしてやけに大げさに継喪は褒めてくる。雛はむっと顔をしかめた。

「……なんか、バカにされてる気がする」

「何を言うのです。俺はただ、褒めて伸ばそうと思っただけなのに」

「言い方が胡散臭《うさんくさ》いんだよな……」

侮りを隠そうともしないその胡散臭さに、雛は怒りを通り越してあきれてしまう。

「お前さ、性格悪いって言われない？」

「言われませんね。俺はあまり人形たちとは会話しませんし、形代さまはあの通りシャイでクールな方ですから」

「シャイでクールかは知らないけど……つまり指摘してくれる奴がいないってことじゃん」

飄々《ひょうひょう》とした表情で決して誇ることではないことをのたまう継喪に、雛はうんざりしてひとりごちる。

「ちなみに彼らのことは、骨を組み合わせて作るので、俺たちは『骨組人形』と呼んでいます」

「あー確かにあの女の子のことそう呼んでたな」

満足そうに消えていった少女のことを思い返しながら雛は言う。

ふと、そんな雛の視界に一人の少年が映り込んだ。

「……？」

その少年は柱の陰に半分隠れて、こちらに視線をよこしていた。

年齢は十歳ぐらいだろうか。服装は藍色の着物を細い帯で留めただけで、履き物は草履だ。全体的に質素な印象を受ける。

そんな彼は今、雛と継喪のことをじっと見つめていた。いや、見つめているというのは正確ではない。ほとんどにらみつけているに等しい、険しい目つきだ。

「なあ、継喪。なんかあいつ……」

少年を気にしながら雛が話しかけると、継喪は振り向くこともせずに冷淡に言い放った。

「気にするのはおやめなさい。よくあることです」

その言い方があまりに冷たく、雛はそれ以上深く聞くのを止める。

あの子、継喪のことが嫌いなのかな。でも、よくあることってどういうことだ？

釈然としない想《おも》いを抱えながらさらについていくと、とある建物の前で継喪は立ち止まった。

「つきましたよ」

継喪の声に視線を戻すと、目の前に立っていたのは大仰な雰囲気のある日本家屋だった。入口は商店の店先のように開放されておりドアらしきものは見当たらない。梁《はり》にかけられた看板には大きく『骨組堂』と書かれていた。

「ここが『骨組堂』。俺と形代さまが居を構えている場所です」

招かれるままに骨組堂に入ると、まず広がっていたのは広い土間と、左右に並べられた無数の人形の部品だった。

人形といってももちろんただの人形ではない。外を歩く骨組人形たちと同じサイズ――つまり、原寸大の人間のパーツがまるでバラバラ死体のように棚に並べられている。

「なんか怖……」

「おやおや臆病なことで」

くすくすと笑いながら継喪は雛の肩に手を置く。

「怖がるのも無理はありません。ここにあるのは、様々な事情があって完成できなかった人形のパーツばかりなのですから」

「完成できなかったって……」

「いわば、死体の山ということです」

「ひぃっ!?」

耳元で囁《ささや》かれた恐ろしい単語に、雛は縮み上がって悲鳴を上げる。継喪は心底おかしそうにまた笑った。

「ふふふ、そんなに怯《おび》えずとも襲ってきたりはしませんよ。ほら、触ってみます?」

「人をおどかしてそんなに面白いかよー!」

「面白いですとも、ええ」

「性格悪ー……」

肩を落とす雛だったが、継喪は素知らぬ顔だ。

「さて。雛、あなたには覚えてもらわなければならないことがごまんとあります」

居住まいを正して切り出した継喪に、雛も少し姿勢を正す。継喪は指を立ててにこりと笑った。

「とりあえずその服を脱ぎましょうか」

雛はぱちくりと目をしばたたかせたあと、一歩後ずさる。

「……もしかして変態の人?」

即座に継喪は雛の頬をつねりあげた。

「痛い痛い痛いっ」

「誰が変態ですか。『骨組堂』の一員としてふさわしい格好になってもらうだけですよ。ほら、その人形もこちらに」

雛は咄嗟《とっさ》に両親の人形をかばうような姿勢になった。手を差し出した姿勢のまま、継喪は苦笑する。

「もう取りませんよ」

「わかんないだろ」

警戒を強める雛に、継喪は嘆息した。

「……わかりました。それを常に身につけられるようなものを持ってきましょう。それでいいですね」

「それなら、まあ」

「はあやれやれ、子供の相手は疲れます。形代さまもお帰りになられているようですし、そちらもお世話して差し上げなければ」

しぶしぶ了承すると、継喪は仕方なさそうに言いながら骨組堂の奥に引っ込んでいった。きっとふさわしい服装とやらを取りに行ったのだろう。

悪い奴じゃなさそうだけど、なんかむかつくなあいつ。

人をいちいち小馬鹿にしてくるところさえなければもっと素直に信用できるのに。

そう思いながら、雛は膝ほどの高さがある玄関の框《かまち》に腰掛ける。

見上げると存外に高い天井が視界に広がる。天井には特別な装飾が施されているわけではなかったが、梁が複雑に組み合わさって入り組んだ構造をしており、まるで迷路のようだ。

最初に出会ったあの形代って奴はなんか別の意味でむかつくし……俺、ここでやっていけるのかな……。

一人になった途端ににじんできた不安から雛は俯《うつむ》く。その時、不意にかけられた言葉に、雛はびくりと肩を震わせた。

「――ねえ！　あなた『骨組堂』の人？」

「うわっ」

顔を上げて思わずのけぞると、そこには一人の少女が立っていた。

年齢は自分と同じ十七歳ぐらいだろうか。身に纏《まと》っているのは薄い桃色の着物で、白い花の柄が散っている。顔立ちは気が強そうで、身長も雛より高かった。

「『骨組堂』の人なの？　違うの？」

なぜか問い詰められる形で尋ねられ、雛は慌てて立ち上がった。

「一応、ここの人ではあるけど……」

「よかった！　じゃあ私の骨を捜すのを手伝って！」

「いや、でも俺はまだ来たばっかりっていうか、そもそも見習い未満っていうか！」

「見習いでもなんでもいいわ！　ほら早く！」

言うが早いか、彼女は雛の腕を乱暴に摑《つか》んで、骨組堂の外に連れ出した。その勢いに人形を取り落としそうになり、慌てて抱きしめる。

「ちょっ、と！　せめてあいつらに一声かけてから！」

「私、桐子《きりこ》っていうの。あなたは？」

雛を引きずって歩きながら桐子と名乗った少女は尋ねてくる。雛は同じ年頃の女の子に腕力で負けている自分に愕然《がくぜん》としながらなんとか体勢を立て直した。

「雛だよ。ひな祭りの雛」

「あら、かわいい名前ね！　あなたにぴったりだわ！」

暗にかわいい見た目だと言われて雛はムッとする。褒め言葉だとはわかっていてもあまり良《い》い気分はしない。現に今、純粋な腕力で負けているのだから、雛のなけなしの男としてのプライドは粉々になる寸前だった。

「かわいくないし……」

「謙遜しなくてもいいのに。あなたはかわいいわよ」

もしかしてこいつ、俺のことを女の子だと思って……？

ようやくそこに思い至ったが、反論する前に桐子はさっさと話を進めてしまった。

「さっきも言ったけど、あなたには私の骨獣を捕まえる手助けをしてほしいの」

「手助け？」

「ええ。すばしっこく逃げ回るから困ってたのよ。だから、本当は自分の手で捕まえたかったのだけど、『骨組堂』を頼ることにしたってわけ」

「ふーん」

なんとなく事情は分かってきたし、逃げるのも難しそうだ。それにこの言い方ならいずれは形代サマと継喪のところに話がいくだろうし、とりあえず彼女の気が済むまで付き合うか……。

腹を決めた雛は抵抗して引きずられるのをやめ、桐子の隣に並んだ。

「骨獣って確か、お前ら骨組人形の未練なんだよな。それを取り戻して黄泉《よみ》の国に逝きたいってこと？」

「うーん、私の場合、黄泉の国に逝きたいのとはちょっと違うかもしれないわね」

「そうなのか？」

少し意外なことを言い出した桐子に雛は尋ね返す。桐子は逃げるそぶりのなくなった雛の腕をようやく解放した。

「私は、単純に自分の未練が何なのか知りたいの。分かるのよ。自分は何か忘れてるって。それがとても大切なものだって」

桐子は自分の手を見下ろして語り続ける。

「私、思い出したいの。かすかに記憶にあるあの人が誰で、どんな人なのかも思い出せないけれど、彼を愛していたことだけは確かだから」

静かに熱をこめて語る桐子に雛は圧倒される。言葉の端々からあふれる力強い感情。それが彼女の原動力なのだろう。

なぜかそんな彼女がちかちかと朱色に光っている気がして、雛は目を細める。

「その骨獣がどこにいるかは分かってるの？」

「今は分からないわ」

「えっ」

「でも見ればすぐに分かるの。あれが私の骨獣だって。……何度も出会ってはいるのよ。だけど、私が近づこうとすると身軽に逃げてしまうの」

げた。

「そうなんだ……」

骨獣というのはそういうものなのかと雛は納得する。そんな雛の様子に桐子は首をかし

「というか、あなたなんだか何も知らないのね。骨組堂で何も教わっていないの？」

とぼけた顔で今更のことを言われ、雛は脱力する思いがした。

「だから！　俺はさっきこの町に来たばっかりなんだって！」

ようやく聞いてもらえると雛は事実を口にする。桐子はきょとんとしていた。

「あら、そうならそうと言ってくれればいいのに」

「言ったよ……」

あまりに強引すぎる彼女に疲れ果て、雛は肩を落とす。一方、桐子は何か思案していた。

「そうね……ここに来たばかりの魂ならあそこに顔を見せておくべきかしら」

「あそこ？」

「獣飼いさんのところよ！　さあ行くわよ！」

「えっ、骨獣捜しは……」

「まずはあなたにここの常識を知ってもらわないとお話にならないもの！」

そう言うと、桐子は再び雛の腕を取ってずんずんと歩き始めた。雛はもう抵抗するのも

諦めて、素直にそれについていく。

ここの常識を知っておきたいのは事実だ。

現状、自分に常識を教えてくれる候補が、意地悪な継喪と無口な形代サマであることを考えると、他の奴に聞いたほうが多分、早い。

本人たちが聞いたら青筋を立てそうなことを考えながら雛は桐子の後ろをついていき、やがて不思議な屋敷《やしき》にたどりついた。

そこは広さだけならば骨組堂よりも広大な屋敷だった。開け放たれた木の門は重厚で、ちょっとした寺の門のようだ。門を入った先に広がる庭には、竹で組まれた獣の檻《おり》があちらこちらに転がっている。

屋敷は母屋と離れに分かれているようで、母屋よりも奥にある離れのほうが面積は遥《はる》かに大きいように見えた。

桐子はまっすぐに母屋のほうに向かうと、断りも入れずに引き戸を開け放った。

「お邪魔しまーす！　獣飼いさんいますかー！」

玄関で声を張り上げる桐子。その声の反響が廊下の奥に消えていき、ややあってかすかな返事が聞こえてくる。

それを聞き取った桐子は履き物をさっさと脱ぎ始めた。

「奥にいるみたい。行きましょ」

「えっ、勝手に上がっちゃまずいんじゃ」

「だからちゃんと声をかけたじゃない。ほら、履き物脱いで」

言われるままに人形を落とさないように履き物を脱ぎ、桐子に続いて屋敷の奥へと進む。

屋敷の中はいやに静かで、人の気配はない。

やがて最奥にたどりついた桐子は引き戸をすぱんと開けた。

「お邪魔します、獣飼いさん！」

「いらっしゃい、桐子ちゃん。今日も元気だね」

奥の部屋で雛たちを出迎えたのは、穏やかな雰囲気の優男だった。服装はレトロな趣のあるデザインの白シャツとズボン。彼の周囲には割かれた竹があり、どうやらそれで細工品を作っているようだ。

左手で作りかけの細工品を置いて、彼は振り向いた。

「今日はどうしたの？　君の骨獣ならまだ見つかっていないけれど……」

「新入りを連れてきたの！　色々教えてあげてほしくて！」

「新入り？」

どこか誇らしげな顔の桐子に対して、男は目を白黒とさせている。どうやら雛同様話についていけていないようだ。

「えーと、君は流れてきたばかりの魂ということ？」

「あ、はい。形代サマたちに拾われて、あいつらのところで雑用をすることになったんだけど……」

ちらりと雛は桐子を見る。彼女はまだ偉そうに胸を張っていた。幸いにも男はそれだけで全てを察してくれたようだった。

「桐子ちゃん、無理やり連れてきてはいけないよ。形代さまも継喪さまも何かお考えがあるのかもしれないのだから」

「あらないわよ。だって雛は暇そうだったんだもの！」

「いや、俺はただ継喪が着替え持ってくるの待ってたっていうか……」

人形を抱きしめながらぼそぼそと言う雛に、男は苦笑する。

「なるほど、大体わかったよ。まずは自己紹介だけしておこうか」

男は雛に歩み寄ってくると、左手を差し出した。

「僕は獣飼い。本当の名前はもうないからただの獣飼いでいいよ」

「……雛です」

今まで会った大人二人がろくでもない性格だったせいで多少警戒しながら、雛は獣飼いの手を握り返す。

ふと、雛は彼の右袖の違和感に気づいた。獣飼いの右袖はぶらんと下に垂れており、中にあるはずの右腕が入っていないように見える。

雛の視線に気づいたのか、獣飼いは右腕を持ち上げた。正確には肘あたりまでしかない欠落した右腕を、だが。

「ここでは珍しくもないよ。僕は右腕の骨が欠落していてね」

「なんか……ごめんなさい」

ぶしつけに見てしまったことを謝ると、獣飼いは穏やかに首を横に振った。

「気にしないで。ここに来たばかりの子が見慣れないのは当たり前だから」

獣飼いはやんわりと答えると、座布団を三つ引っ張ってきた。勧められるまま、雛と桐子はそこに座る。獣飼いは奥の棚から茶葉の入った包みを取り出した。

「とにかく、お茶でも飲んでいきなさい。話はそれから聞こうかな」

「ええ、ありがとう獣飼いさん！」

桐子はにこにこ笑いながら答える。一方、かちゃかちゃと片手で器用にお茶の用意をする獣飼いを見ながら、雛は周囲を見回していた。

なんだか、落ち着かない。まるで誰かに見られているみたいな――

　その時、雛は部屋の奥の扉が少しだけ開いていることに気がついた。そして、そこから覗《のぞ》く誰かの目にも。

「ちょっと待ってね。もうすぐお湯も沸くから。……どうしたの？」

　雛が奥の扉を見ていることに気づいた獣飼いはそちらを振り返る。そして、得心した顔で優しく扉の向こうに声をかけた。

「どうしたの、琴葉《ことは》？　入っておいで」

　扉の向こうの人物はおそるおそるといった様子で戸を開ける。そこに立っていたのは、道で継喪と雛のことをにらみつけていたあの少年だった。琴葉と呼ばれた彼の顔はまだ警戒心に満ちており、ほぼ敵意に等しい視線を雛に注いでいる。

「琴葉？」

「出てけ！　先生に近づくな！」

　突然、大声で琴葉は叫ぶ。急に拒絶された雛は、何も言い返す言葉が浮かばないまま目を丸くしていた。

「こら琴葉。お客様にそんなことを言っては駄目だろう？」

「だってこいつ、『骨食い』の仲間だ！」

　わめくように言う琴葉に、雛は驚きで固まる。

骨食いってなんだ？　この言い方だと多分、継喪や形代サマのことだろうけど……。

考え込む雛をよそに、獣飼いはやんわりと、だけど厳しい表情を琴葉に向けていた。

「琴葉」

静かに名前を呼ぶ形で諭され、琴葉はぐーっと悔しそうな顔をした後に屋敷のさらに奥へと逃げ去ってしまった。

「ごめんね、少し気難しい子なんだ。うちの弟子みたいな子なんだけど……はい、お茶が入ったよ」

そっと目の前に湯飲みが置かれ、雛はその中身を覗き込む。落ち着いた深い色合いのただの緑茶だ。ふわりと漂う匂いもはなやかで、とてもおいしそうに見える。

だけど——なぜか、これを飲んではいけない気がした。

「君はまだ存在が安定していないからね。飲めば少しは楽になるよ」

黙り込む雛を見て、促すように獣飼いは言う。隣の桐子は普通にお茶をすすっている。

雛は湯飲みに手を伸ばそうか迷った末に——正座している自分の膝の上できゅっとこぶしを握った。

獣飼いは小さく息を吐くと、話を進めることにしたようだった。

「それで、桐子ちゃんはどうして雛くんを連れ出したのかな？」

「骨獣捜しを手伝ってもらおうと思ったのよ。『骨組堂』のお弟子さんかと思って！」

「なるほどね。でもそれなら形代さまや継喪さまを待ったほうがよかったんじゃないかな？」

「う……」

桐子は言葉に詰まると、雛のほうをちらちらとうかがいながら答えた。

「できればあの二人に頼るのは最終手段にしたくて……。ほら、やっぱりその……怖いし」

「……そっか」

「それで雛を連れてきてみたら、ここに来たばっかりの新入りだって言うじゃない？　早めに獣飼いさんに色々教えてもらったほうがいいかと思って！」

「あはは、信用してくれるのは嬉《うれ》しいけれど、強引に連れてくるのはよくないかな」

獣飼いは乾いた笑い声を上げると、雛に向き直った。

「さっきも名乗ったけれど、僕は『獣飼い』と呼ばれていてね。名前通り、骨獣を飼っている者なんだ」

彼の言葉に雛は目を丸くする。

「骨獣を飼う？　ペットにしてるってこと？」

「ああ、言い方が悪かったね。僕は、みんなが見つけた骨獣を保護して預かっているんだ」

「保護？　預かる？」

「形代さまたちが動かなくても自分の骨獣と出会える骨組人形はたまにいるんだよ。そういう子たちの中にはそのまま黄泉《よみ》の国に逝く子もいるけど、うちに預かってほしいって持ち込んでくる子もいるんだ。それで、僕のことを世話役のように扱ってくれる子もいるというわけなんだ」

「え？　預かってほしいってなんで？　骨獣ってみんなほしがってるものじゃないの？」

単純に疑問に思った雛は首をかしげる。獣飼いは寂しそうな笑みを浮かべた。

「みんな、桐子ちゃんみたいに強い子ばかりじゃないからだよ」

含みのある言い方をする獣飼いに雛はさらに尋ねようとする。しかし、それを遮るように桐子は身を乗り出した。

「もう！　今はそれより教えておかなきゃいけないことがあるでしょ！」

「……そうだね。まずは骨獣がどんなものかを知っておくべきだ。桐子ちゃんも待ちきれないみたいだし」

当然よ！　と桐子は鼻を鳴らす。獣飼いは苦笑いをした。

「ところで雛くんは骨獣についてどれぐらい知っているのかな」

「んー、骨組人形から欠けた未練で、それを取り戻すと黄泉の国に逝けるってぐらい？」

「その通り。じゃあ、骨獣がどんなところにいるのかは？」

雛は首を横に振った。

「骨獣はこの黄泉平良坂のいたるところにいるんだ。それこそ、『根の国』の中から、『禊ぎ川』の近くまでね」

「ふーん、じゃあすぐに捕まえられそうだけど」

「そうもいかないんだよね」

獣飼いは小さく息を吐く。

「骨獣は基本的に、本体の人形からは逃げようとする習性があるんだ。なぜだと思う？」

「えっ、うーん……」

雛は腕を組んで考え込む。

骨獣は元々その人の魂の一部だ。それが逃げている？　そんなことをしたらその人はいつまでも黄泉の国に逝けないのに？

うんうんと首をひねる雛を微笑《ほほえ》ましそうに見ながら獣飼いは続けた。

「骨獣は魂の未練、それも、とてもとても辛《つら》い記憶であることが多いんだ。辛くて悲しくて目を背けたい記憶。それを骨獣は持っているんだよ」

その説明でようやく雛は察した。

「つまり、骨獣は自分の本体に辛い記憶を思い出させたくなくて逃げ回ってる？」

「うん。いささかロマンティックな言い方だけど、その認識で合ってるよ」

雛の解釈を獣飼いは優しく肯定する。その穏やかな眼差《まなざ》しをむずがゆく思いながら、雛は指でほおをかいた。

「あんた、教えるのうまいよな。俺、これから全部あんたに教わりたいかも」

「ふふ。気持ちは分かるけど、それは僕が継喪さまに怒られてしまうから無理かな」

暗に形代と継喪の教え方が微妙なのは事実だと言いながら獣飼いはうそぶく。雛は疲れた目で嘆息した。

「今のを教わるだけで多分、継喪なら三回はけなしてきた」

「分かるよ。あの方は少し感情表現が独特だから……」

「──おや、随分と楽しそうな話をしていますね？」

突然背後からかけられた声。ほぼ同時に、継喪によって雛の頭は上からわしづかみにされた。

「痛い痛い痛い！」

指の力だけでギリギリと頭を締め付けられ、雛は悲鳴を上げる。いつの間にかやってきていた継喪は剣呑《けんのん》な目で獣飼いを見た。

「それもよりにもよってお前と比較されて負けるなんて本当に腹立たしいです」

「まあまあ、僕は継喪さまの足下にも及びませんよ」

「どうだか。腹の底では笑っているのでしょう？」

「まさか。でも、もう少し素直になさったほうが色々と円滑に進むとは思いますが」

「この……！」

器用にも笑顔で青筋を立てる継喪に、にこやかな獣飼い。先に折れたのは意外にも継喪のほうだった。

「まったく、俺にそんな口がきける人形はお前ぐらいなものですよ」

「ええ。何しろ僕は継喪さまにかわいがられている自覚がありますから」

「何を言ってるんですかこいつ」

正面から堂々と宣言する獣飼いに継喪はげんなりとした顔になり、雛の頭を握りしめる力をようやく緩める。解放された雛は継喪に食ってかかった。

「いったいなばか！　俺が何したって言うんだよ！」

「急にいなくなったのでどこぞへと迷子になってしまったのかと捜してみれば、こんなところまで勝手に来ていたのはどこのどなたです？」

「それは……うん、ごめん……」

「ついでに俺に対してあることないこと生意気なことを言っているだなんて、俺は悲しいですよ、しくしく」

「それは事実じゃん」

「はあ……こんなに親愛を込めて指導しているというのに」

「痛い痛い痛い」

再びぎりぎりと継喪は雛の頭を握りしめる。

仲が良いようにも悪いようにも見える二人のやりとりを獣飼いはくすくすと笑っていた。

「ったく、すぐ暴力に頼るなよな」

抵抗の末にようやく解放され、雛はぶつぶつ言いながら頭をさする。

その時ふと、ここまで蚊帳の外だった桐子がいつの間にか部屋の隅まで避難していることに雛は気がついた。彼女はいつでもこの部屋から逃げられるよう身構えながら、警戒の目を継喪に向けている。

「ほら、ご覧なさい。あれが普通の人形の反応ですよ」

馬鹿にしたように鼻で笑いながら継喪は言い放つ。獣飼いは悲しそうな目をしながら桐子に話しかけた。

「大丈夫だよ、桐子ちゃん。怖いことなんて何もないから」

ゆっくりと言い聞かせるように告げられ、桐子はおそるおそる雛の近くに戻ってきた。

継喪は不愉快そうに鼻を鳴らした。

「まったく。俺は、お前たち骨組人形の生みの親であり血肉のようなものですよ。そこまで嫌われると悲しいを通り越してあきれますね」

「……ごめんなさい」

桐子は申し訳なさそうに目を伏せる。その態度にはまだ怯《おび》えがにじんでいた。

「まあまあ、桐子ちゃんは自分の骨獣を捜してほしくて雛くんを連れて行ったのだそうですよ」

「へえ、骨組人形にしては良い心がけですね。だけど俺と形代さまを頼るのは怖かったと」

びくりと桐子は肩を震わせる。継喪はそんな彼女を冷たく見下ろした後、わざとらしくため息をついた。

「わかりました。では雛を貸し出しましょう。彼に『骨拾い』をしてもらいなさい」

「えっ」

骨拾いって確か、形代サマが骨獣を見つけてあれこれすることじゃ……。

雛は小さく異論の声を上げるが、継喪は止まらない。

「どうせ今後同じような仕事を続けるのです。まずは一人でやってみなさい。ま、どうしようもなくなったら助けてあげなくもありませんので」

「ちょっと、継喪……!?」

「それでは、あとはよろしくお願いしますよ、雛」

にこりと笑って、それだけを言い残すと、継喪はさっさと部屋から出て行ってしまった。

残されたのは引き留めるために半分だけ手を伸ばした姿勢で固まる雛と、驚いた顔の桐子、そして額を押さえる獣飼いだけだ。

「そういうところが誤解を招くと申し上げているというのに……」

深く嘆息する獣飼い。そんな彼に雛は助けを求める目を向ける。

「えっ……俺これどうしたら……?」

「うーん、自力で骨獣を捜すしかなさそうだね」

「ええー……」

降ってわいた無茶ぶりに雛は困惑の声しか出ない。

「仕方ない。ちょっとやり方を教えようか。雛くん、おいで」

手招かれるままに雛は獣飼いへと近寄り、すとんと腰を下ろす。

「僕の目を見て」

言いながら獣飼いは、雛の目を上から覗《のぞ》き込んでくる。なんとなく、継喪に以前された『視《み》る才能』とやらを確認されているのだと理解したが、不思議と彼の目を見てもあまり怖いとは思わなかった。

なんというか、継喪って何やっても何か企《たくら》んでそうで嫌なんだよな……。

継喪の時に感じたあの言い知れない気味悪さを思い出し、雛は背筋を震わせる。

ぼんやりとそんなことを考えているうちに、獣飼いの確認は終わったらしい。彼は雛をそっと解放するとふむと考え込んだ。

「やっぱり形代さまに比べれば視る力はまだ弱いね。でも……どうやら君は視分ける力に優れているようだ」

「視分ける？」

「それが誰の骨なのか分かると言えばいいかな。骨組人形は自分の骨のことはわかるけど、他者の骨はわからないから希有《けう》な能力だよ。誇っていい」

よく分からないが褒められた雛は頭をかいて照れる。

「とはいえ、まずは見つけないことには話が始まらないからね。最初は目撃証言をもとに地道に場所を絞っていくんだ。それらしき骨獣を見つけてからが勝負だよ」

「見つけたあと、どうすればいいんだ？」

「そうだね、少し感覚の問題になるんだけど……骨獣も含めた、相手の気持ちに寄り添ってほしい」

「気持ちに寄り添う？」

「共感するというのが一番近いかな。じっくり骨獣の持つ未練を受け取って、その内容を言葉にするんだ。それが合っていれば、無事に骨獣は骨組人形の中に戻るからね」

「そうやって人形の中に骨を戻すのが、骨拾いってこと？」

「うん。その通り」

話を聞きながら、雛は出会ったときに形代が骨獣に対してやっていたことを思い出していた。骨獣の持つ記憶を視て、その内容が「母からの贈り物」だったと看破した。だから、骨獣は本体に戻り、骨組人形は黄泉《よみ》の国に逝けたということだろう。

納得する雛をそのままに、獣飼いは居心地が悪そうにしていた桐子に顔を向けた。

「桐子ちゃん」

「は、はい！」

継喪がいたことへの緊張がまだ抜けていない桐子は素っ頓狂な声を上げて姿勢を正す。

獣飼いはそんな彼女をまあまあと落ち着かせた。

「雛くんの能力なら君の骨獣を捜し出して取り戻せるかもしれない。駄目なら形代さまに頼むことになるけれど……雛くんと一緒に捜してみる？」

桐子は数秒目をしばたたかせた後、ぐっと覚悟を決めた顔になった。

「捜したい。私、自分の手で自分の未練を取り戻したいもの。雛、手伝ってくれる？」

彼女の真剣な視線を正面から受け止め、雛は少したじろぐ。

正直なところ、自分の能力に関しては半信半疑な部分はある。だけど……。

雛はそらしかけた視線を桐子に向ける。桐子はまっすぐ雛を見つめていた。雛のことを信じて頼ろうとしていた。

その気持ちを無視するのは、なんとなくだけれど嫌だった。

「やってみる。どこまでできるかはわからないけど……」

「ありがとう、雛！」

「うわっ」

桐子は飛びつくようにして雛の手を取る。腕の中の人形を取り落としそうになった雛は、慌てて手に力を込めた。

「そうと決まればすぐ行きましょう、今行きましょう！」

すっかり調子を取り戻した桐子は、雛を連れて意気揚々と出ていこうとする。その後ろ姿を獣飼いは呼び止めた。

「あまり無理しないようにね。最近、『折れ骸』が出て危ないから」

「『折れ骸』？」

聞き覚えのない単語に尋ね返すと、獣飼いは深刻な顔になった。

「いつまでも『黄泉の国』に逝かない魂はね、魂がすり切れて、ついには『折れ骸』という怪物になってしまうことがあるんだよ。大半は、『折れ骸』にならずに、そのまま壊れてしまうことが多いのだけれど」

『折れ骸』は骨組人形のことも骨獣のことも襲うから気をつけないといけないの！」

桐子に補足され、雛は首をかしげる。

「じゃあみんなさっさと黄泉の国に逝かないとじゃん。獣飼いさんのとこに骨を預けてたらだめじゃないの？」

素直な疑問を口にする雛。

獣飼いは静かに笑った。その表情には深い諦めがにじんでいるようにも見える。

「……そうだね。本当にその通りだ」

どこか寂しそうなその表情に、雛はそれ以上追及できなくなってしまう。その隙をつくように、獣飼いは雛たちを送り出した。

「いってらっしゃい。どうか気をつけてね」

釈然としない思いを抱えながら雛は獣飼いの屋敷《やしき》から退出する。一方、隣の桐子は準備万端だ。

「さ、行きましょ！　まずは最後に私の骨獣を見たところだけど……」

「なあ、さっき『獣飼い』さんの弟子っぽい子が言ってた『骨食い』って何のことだ？　なんで桐子は継喪のこと怖がってんの？」

今起きているややこしい事態を引き起こした原因らしき単語を口にすると、桐子は一瞬固まった後、しぶしぶ口を開いた。

「分かったわ。目的地に向かいながら話してあげる」

そう言いながら歩き始める桐子の後ろを雛はついていく。桐子は控えめな声量で話し始めた。

「まず、骨組人形の中には黄泉の国に逝きたくない人も結構いるの」

「行きたくない？　どうして？」

「自分の辛《つら》い記憶と向き合いたくないのよ。私にはそういう人の気持ちは分からないけど」

桐子が自分で未練を取り戻したいと熱っぽく言っていたことを思い出し、雛は納得する。未練というものが辛いものなら、それを拒絶する人間がいるということも一応は分かる。

でも——

「そんなことをしたら『折れ骸』になったり、消えちゃったりするんじゃ……」

「終わりがいつ来るかは誰にも分からないからね、みんなできるだけ長く目を背けようとするのよ。……でも、形代さまと継喪さまはそれを許さない」

形代と継喪の名前を出すとき、桐子はさらに声を潜めた。周囲を歩く人形たちにあまり聞かれたくないのだろう。

「あの二人の目的は人形たちを黄泉の国に送ること。そして、『折れ骸』を退治することよ。できるだけ長い間『根の国』で目を背けていたい人形は、その二人をどう思うと思う？」

「どうって……歓迎はしないよね」

「そういうことよ。それからもう一つ。これが大きな原因なのだけど……」

桐子は雛の耳元に顔を寄せて囁《ささや》いた。

「あの二人は骨を食べるのよ。私たちの魂の一部を」

言葉にするのも恐ろしいといった様子で桐子は言い終わると、雛から離れていった。

「食べるってなんで？」

「さあ？　ただ、噂《うわさ》によると、百年ぐらい前、獣飼いさんの右腕も二人に食べられたらしいわ」

彼女の言葉に雛は絶句する。

「獣飼いさんってあの通りすっごくいい人でしょ？　だから二人への反発も高まっちゃって、今に至るって感じなの」

納得と同時に、雛の内心にもの悲しさが落ちる。

さっきの継喪と獣飼いの会話を聞く限り、二人の間に深刻な亀裂はないように思えた。だったらこれは、周りが勝手に言っているだけのことなんじゃないか？

「……はい、話はおしまい！　着いたわよ！」

元気な声を作った桐子は、とある道の前で立ち止まる。その道は大人が三人横に並んで歩くのがやっとなほど狭く、見通せないほど奥へと続いている。そして、道の左右には民家らしき二階建ての建物がずらりと並んでいた。

「長屋街よ。たくさんの人がここに集まって住んでるの」

その言葉を証明するように、建物の内外はとても活気に満ちているようだった。窓のそばを通れば生活音が聞こえてくるし、二階の窓から興味深そうにこちらを見下ろしてくる者もいる。

「ここにお前の骨獣がいるのか？」

「ええ、前にここで見かけたから多分ね。今、見た目がどんな風か描くわね」

桐子は地面に落ちていた棒を拾い上げると、がりがりと土に絵を描き始めた。四つ足の動物で、後ろにはくるんと丸まった尻尾らしきものがある。雛は難しい顔になりながら首をかしげた。

「豚か？」

「犬よ！　子犬！」

憤慨する桐子は手で大きさを示してみせた。

「こう、両手で簡単に持ち上げられるぐらいちっちゃい犬なの！　骨の姿だけど、あれはきっと柴犬《しばいぬ》ね！」

「柴犬……」

思い描いた柴犬と桐子が描いた犬の絵の乖離《かいり》に雛は言葉を失う。桐子はじろりと雛をにらんだ。

「何よ。何か文句でも？」

「いや、何でもないって、あはは……」

乾いた笑いでごまかしながら、雛は一歩後ずさる。ふとその視線が長屋の屋根へと向き
――その上にちょこんと座っていた存在に雛はぽかんと口を開けた。

「……いた」

屋根の上では、小さな犬が座ってじっとこちらを見つめていた。もっともその姿は骨格
のみで構成されていたので、ただの犬ではないことはすぐに分かったが。

その犬を見ていると、視界の端がちかちかと熱く朱色に点滅している気がする。なんだ
か覚えのあるその感覚に雛は記憶をたぐり、心当たりを思い出した。

これ、さっき桐子から見えた色と同じ色――？

「あー！　いた！　あいつ、あいつよ！」

桐子が大声を出すと、犬は驚いたのか少し飛び上がってから屋根伝いに逃げ出した。

「何ぼさっとしてるの！　私、上から行くわ！　あなたは下から回り込んで！」

「は？　上からって……!?」

言うが早いか、桐子は長屋の前に置かれた荷物を足場に雨樋《あまどい》をよじ登り、あっという間
に屋根の上へと登ってしまった。

「待ちなさーい！」

どたばたと激しい足音を立てながら、桐子は屋根の上を駆けていく。遠ざかっていく彼女の声が聞こえなくなってきたあたりで、呆気にとられていた雛はようやく正気を取り戻した。

「また桐子の奴か？」

「飽きないねえ、あの子も」

周囲の長屋の窓はいつの間にか開いており、屋内にいた人形たちが口々に噂をしている。

「お嬢ちゃん、桐子ちゃんの手伝いかい？　あっちのほうへの近道はそこの角を曲がった道だよ」

すぐ近くの窓から親切な人形が声をかけてくる。雛は自分は女の子ではないと否定するのをぐっとこらえ、とりあえず礼を言うことにした。

「あんがとよ、じーちゃん！」

「私は女だよ、失礼な！」

教えられた道を走り始めた雛の背中に老婆の怒り声が飛んでくる。どうやらお互い様だったらしい。

場違いにもなんだか面白くなってしまいながら、雛は道を駆けていく。

長屋街の道はどこも狭く、似たような風景がずっと続いている。走っても走っても先に進んでいないような錯覚すら覚え、雛はすぐに息が上がって立ち止まってしまった。ぜえぜえと息をしながら、雛は長屋の壁に手をついて体を丸める。もう一度走り始めるには少し休憩する必要がありそうだ。

「あいつら……どこまで行ったんだよ……！」

よろめきながら歩みを進めるも、遠ざかっていった桐子の声は聞こえてこない。あれほど騒がしく走っているなら、近くにいれば分かるはずだが。もしかしたら、方向を間違えたのかもしれない。

不安になってきたその時、不意に雛の頭上から犬の鳴き声がした。

「バウッ」

「えっ？」

見上げると、低い屋根の上——背伸びをすれば雛でもギリギリ届きそうな位置に、例の骨獣の犬が座り込んでいた。

周囲に桐子の気配がないことを考えるに、どうやら撒《ま》いてきたらしい。

とにかく、これは大チャンスだ。

雛は大切な両親の人形を落とさないようにそっと道の端に置くと、犬を刺激しないよう、そろそろと手を伸ばした。

「おとなしくしろよー……こっちに来るだけでいいから……」

犬は不思議そうな仕草でそんな雛の手を見ていたが、あと少しで手が届くというところで、ぴょんっと跳躍した。

……雛の顔面めがけて。

「えっ」

間抜けな顔をする雛の顔面を踏みつけると、そのまま犬は地面へと降り立つ。一方、踏み台にされた雛はその勢いを殺しきれずにすっころんでいた。

「……いってぇ！」

尻餅をつく形で後ろに倒れる雛。そんな彼をよそに、犬はのんきに大あくびをしていた。

「このクソ犬……良《い》い度胸じゃんか……」

雛は低く唸《うな》りながら犬へと向き直る。犬は首をかしげた。

「バカにしやがってー……！」

すっかり頭に血が上った雛は犬を捕まえようと飛びかかる。しかし犬はそんな雛の動きを読み切っているらしく、彼の突進をひらりと避けた。

「こんの……待て！」

スライディングしかけた雛はなんとか体勢を立て直し、再び犬へと向かっていく。犬はそれもまた容易《たやす》く避けた。

追いかける。避けられる。追いかける。また避けられる。転ぶ。立ち上がって追いかける。それでもまだ犬は捕まらない。

だが不思議なことに、犬は雛の近くから逃げだそうとはしなかった。十回は懲りない追いかけっこを繰り返した後、その事実に気づいた雛は、荒い息を整えながら犬に尋ねる。

「なんなんだよお前！　何がしたいんだよ！」

「クゥン？」

むかつく……！

とぼけるように鳴く犬に対して湧き上がってくる怒りをなんとか呑《の》み込み、雛は犬の前にしゃがみ込む。

この犬はこちらの言葉が分かっているみたいだ。だったら、説得して捕まえてやる。

「お前、何がしたいんだよ。あいつ……桐子から逃げるのはわかるけどさ、なんで俺からは逃げないんだよ。捕まるつもりはないんだろ？」

まっすぐ犬の顔を見て尋ねる。犬もまた雛のことを正面から見ていた。

そのまま見つめ合うこと数秒。犬はゆっくりと雛に近づいてきた。

雛は自然と犬に手を伸ばす。犬は雛の目の前で腰を下ろすと、彼の指をふんふんと嗅ぎ、その頭を指先にぐっと押しつけた。

その途端、燃えるような熱い朱色の光とともに、雛の意識はぼんやりとした世界の中へと吸い込まれた。

＊

仲睦《むつ》まじく男女が歩いていた。

一人は桐子。もう一人は同じ年頃の青年だ。

うららかな木々の中を散歩する二人。特別なことは起こらないけれど、穏やかな幸せに満ちた時間。

それが壊れたのは、日が傾き夕方になった頃。きっかけは彼方《かなた》から聞こえてきた野犬の遠吠《とおぼ》えだった。

「そろそろ戻ろうか」

「はい。でも……」

桐子は渋っていた。家に戻ってしまえばこの幸せな時間は終わってしまう。親によって別の婚約相手をあてがわれそうになっている彼女は、ささやかだけど何物にも代えがたいこの時間が終わることを拒んでいた。

そんな彼女に男はさらに声をかけようとする。

しかしその時――いつの間にか近づいてきていた野犬が彼女に襲いかかった。

「……逃げろ！」

咄嗟《とっさ》に彼女を庇《かば》いながら男は叫ぶ。桐子は気が動転して動けなくなっていた。

野犬が男の腕に噛《か》みつく。落ちていた枝で応戦するも牙は外れない。遠吠えが近づいてくる。野犬の群れが集まってきている。

「早く行け！」

「でも、義郎《よしろう》さん……！」

「先に逃げて、助けを呼ぶんだ！」

桐子は泣きそうな顔でうなずくと、ふもとに向かって駆け出した。

数十分後、桐子は無事に家へと帰り着き、助けを呼ぶ。

しかし、彼女の前に二度と男が姿を現すことはなかった。

＊

全てを見終えた雛の意識は現実に戻ってくる。

ぱちぱちとまばたきをするごとに、その未練にこめられた感情によって、視界がまだちりちりと焼けているようにすら感じた。

「クゥン……」

視線を前に戻すと、骨獣の犬が悲しそうに鳴いていた。

この犬は俺にだけ記憶を見せたくせに、桐子からは逃げ回っている。どうして？

雛は、犬と目線を合わせながらゆっくりと思案し、ある一つの結論に至った。

「もしかして、もう自分を追いかけないでほしいって桐子に伝えろってことか？」

犬は小さく「バウッ」とだけ鳴いた。不思議と雛にはそれが肯定だと理解できた。

「でも、あいつはお前の持つ未練を取り戻したがってたぞ」

彼女から直接聞いた思いを雛は伝える。しかし、犬はゆっくりと首を横に振った。

それは内容を知らないからだ。雛にはそう言っているように見えた。

「だけど……」

雛はさらに言いつのろうとしたが、それ以上の言葉は出てこなかった。代わりに、獣飼いが言っていた言葉が頭をよぎる。

『相手の気持ちに寄り添ってほしい』

この犬の気持ちを考えたら、桐子に未練を返さないのが正しいことになってしまう。でも、それがあまり良い判断ではないことは雛にも分かった。

辛《つら》くて悲しくて目を背けたい記憶。言葉で言われた時はぴんと来なかったけれど、実際に未練を見て実感した。

あの時、帰るのを渋ってしまった彼女の後悔。彼を見捨ててしまった罪悪感。もう駄目なのだとわかっていても、彼が戻ってくるのを待ち続けた日々の苦しさ。

未練を取り戻したところで手に入るのはそんなものだけなのだから。

「……あーーーーーっ！」

突然の大声に雛は肩をびくりと震わせる。振り向くとそこにはぜえぜえと息を整える桐子の姿があった。

「捕まえてくれたのね！　よくやったわ！」

言いながらも桐子はのしのしと近づいてくる。雛はそんな彼女から犬を守るように彼女に手のひらを向けた。

「ちょっと待って！　まだ結論が出てないっていうか……！」

「結論？　捕まえたのだからもう終わりでしょ？　さあ、私に未練を返してもらうわよ！」

雛の抵抗を無視して、桐子は犬に手を伸ばそうとする。だが、犬は姿勢を低くしてうなり声を上げ始めた。

「グルル……」

「えっ……」

桐子は牙を剝《む》いて威嚇してくる犬にたじろぐ。あと少しでも手を伸ばせば噛みつかれる。はたから見ていてもその未来が容易に想像でき、雛は慌てて二人の間に入ろうとする。

「そんなに……私のところに来るのが嫌なの……?」

ひどく傷ついた声色で桐子は呟《つぶや》く。

しばしの沈黙。

うなり声を上げる犬。頭上できしむ屋根。

巨大な影。視線。饐《す》えた匂い。

その時になって雛は、ようやく桐子の向こうに迫っているものに気がついた。そして、犬が本当に威嚇している相手がそいつであることにも。

「危ない!」

雛は桐子を突き飛ばし、そいつの目の前から逃れさせる。ほぼ同時に、骨獣の犬は引き絞られた矢のように勢いよくそいつに飛びかかった。

それは巨大な獣だった。

獰猛《どうもう》な爪を備えた毛むくじゃらの四つ足。体軀《たいく》は羆《ひぐま》よりも倍は大きい。狼《おおかみ》のようにも狐《きつね》のようにも見える顔は右半分が溶けており、鋭く太い牙がギチギチと音を立てている。

骨獣とは異なり、そいつにはまだ肉がついていた。だが、その体の一部は腐り落ちており、骨が歪《いびつ》に露出している。

そいつは飛びかかってきた犬を前足だけで軽々といなした。弾《はじ》き飛ばされた犬は悲痛な鳴き声を一度上げ、まるで鞠《まり》のように地面をてんてんと転がっていく。

「お、折れ骸……！」

引きつった声を出す桐子。雛はそんな彼女を抱き寄せて立ち上がらせようとしたが、失敗した。

大きく避けた折れ骸の口の端からぼたぼたと腐りかけの唾液がこぼれ、地面に染みを作っていく。どこを見ているのか分からない巨大な目は絶えず蠢《うごめ》いており、雛はその視線がこちらに向けられないことを祈って桐子を抱きしめた。

「いや、来ないで……！」

その声に反応したのか、折れ骸は桐子に標的を定めたらしい。体を揺らしながら、ゆっくりとこちらに向かってきた。

「グルルル……！」

飛び起きた犬が、折れ骸と桐子の間に割って入る。小さな体を必死に大きくして、折れ骸から大切な人を守ろうとしている。

――ふと、その姿が骨獣の持つ未練の光景と重なった。

「……義郎さん？」

震える声で桐子がぽつりと呟く。直後、自分が何を言ったのか理解できていない顔で彼女は口を手で押さえた。

「私、今……？」

そうしているうちにも折れ骸は迫ってくる。一歩一歩近づくごとに、腐臭と血のにおいが立ちこめ、息をするのも苦しくなっていく。

あと三歩。

あと二歩。

あと、一歩。

折れ骸が喰《く》いかかり、犬が地面を蹴って飛びかかろうとしたその刹那、二者の間に割って入る人影があった。

夜の闇を煮詰めたような黒装束。腰ほどまである白髪は風もないのにわずかに持ち上がり、折れ骸を見据える赤い瞳はやけに静かな色をしている。

折れ骸の前に立ちはだかったその人物──形代は右手を化け物へとかざした。

「退け」

たった一言。その声だけで折れ骸はぴたりと動きを止める。今まで獲物を探して蠢いていた折れ骸のまなこが形代だけを捉える。

「それ以上、─を──るな」

ほとんど囁《ささや》くように形代は言う。折れ骸は数度瞬きをすると、急にきびすを返して屋根へと飛び乗った。そのまま屋根伝いに姿を消す折れ骸を雛と桐子は呆然《ぼうぜん》と見送る。

その姿が完全に見えなくなり、辺りに立ちこめる息苦しさも消えた頃、ようやく形代は振り向いた。

「怪我《けが》は」

「な、ない、です……」

助かったのだという安堵《あんど》でへたり込みながら、雛はなんとか答える。桐子もこくこくと必死に首を縦に振っていた。

「そうか」

形代はそれだけを返すと、足下で呆然としていた犬の骨獣に手を伸ばした。

雛は咄嗟に立ち上がり、犬を形代の手から奪う。

「ち、ちょっと待てって！」

このままでは形代は犬の持つ未練をそのまま桐子に渡してしまうだろう。だけど、それはこの犬の望んでいることではない。

骨獣を奪われた形になった形代は、胡乱《うろん》なものを見る目を雛に向ける。

「邪魔をするな」

「したくてしてるわけじゃねーよ！　ただその……少し話を聞いてやってからにしてほしくて」

ぼそぼそと言いながら雛は徐々に俯《うつむ》いていく。

自分がいかに矛盾したことをしているかはよく分かっている。

結局のところ、形代たちのしていることはこの地に留《とど》まる魂の掃除であって、彼らの救済ではないのだと思う。だから、本当なら彼らの雑用をしている自分は素直にこの骨獣を渡して桐子を黄泉《よみ》に送るべきなのだ。

だけど――

「気持ちに寄り添えって……俺、こいつらの気持ちも無視したくねえよ……」

ぎゅっと骨獣を抱きしめながら雛は呟く。

数秒、痛いほどの沈黙。それを破ったのは形代が桐子にかけた声だった。

「娘」

「は、はい！」

緊張しきった声色で桐子は答える。形代はしばし迷った後、彼女の前に膝を突き、ほんの少しだけ柔らかい声で語りかけた。

「継喪が言っていた。お前は自分で未練を取り戻すことを決めたと。そうだな？」

「あ、うん、そうです……」

「その気持ちは今も、変わらないか？」

形代の仄《ほの》赤い瞳は生気こそ宿っていなかったものの、まっすぐに桐子の目を見つめていた。表情も乏しく何を考えているのか分からないが、桐子に対して誠実に向き合おうとしていることだけは伝わってくる。

桐子もそれに気づいたのだろう。ごくりと唾を飲み込むと、まだ震える声ではあるがはっきりと答えを告げた。

「私、自分の未練が何なのか知りたい。何を忘れているのか、思い出したい」

「思い出しても辛いだけかもしれない。それでもか？」

「……それでもいいの。それでも思い出したい。だって私、あの人を愛していたもの！」

高らかに桐子は答える。形代は立ち上がると、雛が抱える骨獣に目を向けた。

「彼女はこう言っている。お前はどうする？」

骨獣はたじろいだように見えた。形代に視線を向け、それから桐子を見る。桐子は強い眼差《まなざ》しでそれを見つめ返した。――やがて折れたのは、骨獣のほうだった。

骨獣は雛の腕から抜け出すと、形代の足下へと近寄っていく。形代はそれを両手で抱き上げ、額と額をつけて目を閉じた。

「――お前の未練は、『愛する者を庇《かば》う背中』」

ぽつり、と。その一言だけで骨獣の姿はほどけ、桐子の中へと吸い込まれていく。

彼女は最初、驚いた顔でそれを見ていたが、やがて穏やかな表情になると自分の胸にそっと手を当てた。

「そっか、私……」

「……思い出したの？」

おそるおそる雛が尋ねると、桐子は静かにうなずいた。

「骨獣が逃げ回っていたのも納得だわ。とても、ひどい記憶だもの」

「桐子……」

「だけどね、私、やっぱりこの未練を取り戻してよかった！　だってあの人の顔を思い出せたんだもの！」

本当に嬉《うれ》しそうな顔で桐子は立ち上がる。形代は無表情にそれを見下ろしていた。

「お前は強いな、娘」

「……形代さまもありがとう。それから怖がってごめんなさい。気を遣ってくれたのよね？」

桐子の問いかけに形代は答えなかった。だが、桐子はそれでいいようだった。

「さてと！　そろそろ黄泉の国に逝かなきゃみたい！」

元気よく言う桐子の周囲には光の粒が舞い、彼女の体は徐々にそれに溶けていく。魂である骨が光となっていき、肉付けされていた部分も風にさらわれた砂のように消えていく。

「本当にありがとう！　雛も欠けた骨が早く戻るといいね！」

ぱちん、とはじけるように桐子の姿は光の粒になる。残されたのは、ボロボロになった雛と、いつも通り無表情な形代だけだった。

「なんつーか……ありがと。助かった」

そっぽを向きながらも雛は一応礼を言う。しかし、それに対して返ってきたのは冷たい声だった。

「獣飼いに言われたのか」

「は？」

「気持ちに寄り添えと」

端的すぎてうまくくみ取れない意味をなんとか理解し、雛はうなずく。

「そうだよ。これから仕事をするならって教えてくれたんだ。どっかの継喪とは違ってすげー分かりやすくて優しかったなー」

にひひ、とおどけた笑いを浮かべる雛。対する形代の視線は冷たかった。

「お前が考えるべきことではない」

「はあ？」

「お前はその仕事をしなくていい」

あまりに唐突に突き放され、雛は唖然《あぜん》とした顔で固まる。そのまま立ち去っていく形代をぽかんと口を開けて見送った雛は、やがて憮然《ぶぜん》とした表情になった。

「……なんだよ、あいつ」

3

――お役目を果たしなさい。
誰かの声がする。
――当主様の魂を導きなさい。
低く、言い聞かせる声がする。
目の前には顔に白布を被《かぶ》せられて横たわる男女。
その亡骸《なきがら》の前に供えられている人形。
――当主様の魂はここに。
――黄泉路に決して迷わぬように。
――降りかかる厄を流し去るために。
人形を受け取り、洞穴の前に立つ。
これを為《な》さねば己に意味はない。もはや帰る場所もない。
だけど、もし失敗したら？　両親の魂を送り届けられなかったら？

自分は一体、どこに返ればいい？

『――若旦那様！』

幼い少年の声。

それと同時に雛《ひな》の意識は現実へと一気に浮上した。

「……え？」

まるで全力疾走をした後のように息を荒げながら、雛は目を覚ます。ぱちぱちと何度もまばたきをする視界に広がるのは、骨組堂《ほねぐみどう》の一室の天井だ。

そこでようやく自分が見ていたものが夢だと理解し、雛は頭を押さえながら起き上がった。

あの声は何だ？　彼は、誰だ？

記憶をたぐろうとしても、夢の内容は徐々に薄れてしまってわずかな手がかりもつかめない。

「……俺の欠けた骨ってやつなのかな」

桐子《きりこ》が言っていたことを雛は思い出す。

『雛も欠けた骨が早く戻るといいね！』

ここに来るのはどこか欠けたものばかり。それなら自分も？　何かを忘れているのか？

雛は思い悩みながら、枕元に置いていた両親の人形を抱きしめた。

まだ分からないことが多すぎる。だけど今はまず、父さんたちの魂を捜したい。そのためには形代《かたしろ》サマと継喪《つぐも》のために働かないと。

「……よし！」

気を取り直すと雛は立ち上がり、布団をまとめ始める。部屋の隅には昨夜見た時にはなかった着物がたたんで置いてあった。おそらくこれを着ろということだろう。

雛はそれを何気なく持ち上げ——嫌そうに顔を歪《ゆが》めた。

手早く着物に袖を通し、帯を締める。もう一枚の鮮やかな着物はとりあえず羽織っておいた。そして、一緒に置いてあったもう一本の帯と両親の人形をひっつかむと、雛は廊下に飛び出した。

継喪がいつもいる部屋は昨日のうちに教わっていた。骨組堂の入口にほど近い土間の部屋。そこの板戸を開け放ち、雛は声を張り上げた。

「女物じゃねーかこれ！」

「おや。よくお似合いですよ、雛」

悪びれもせずに言いながら、継喪はぱちぱちと拍手をする。

「お似合いですじゃないんだよ、なんで女物なのさ！」

「仕方ないでしょう。誰かさんがあっちへフラフラ、こっちへフラフラするものですから、できるだけ目立つものを選んだだけです」

「だからって女物！」

「まあまあ、もう一つ理由はあるのですよ」

継喪は雛の持つもう一本の帯を指さした。

「そちらは子負い帯です。あなたの人形を常に背負うのに便利でしょう？」

特に色染めもしていないその帯を、改めて雛は見る。確かにこれであればいつも両親の人形を身につけて自由に動き回れるだろうけれども。

「まさか子負い帯とセットだったから女物買ってきたってことじゃないだろうな」

「ははは。そのまさかです。察しが良《い》いですね」

いけしゃあしゃあと言う継喪に雛は言いたいことが多すぎて、ぐぐぐと顔を歪めながら逆に言葉に詰まってしまう。やがて雛はがっくりと肩を落とした。

「まったく……まあいいよ。人形のこと、気にしてくれてありがと」

一応希望を聞いてくれたことだしと、雛は継喪に礼を言う。

今度は顔を歪めるのは継喪のほうだった。

「は？　なんだよ、その顔」

「お礼とか言わないでくれませんか、気持ち悪い」

「言うに事欠いてお前さあ……」

あまりに性根が捻《ひね》くれている継喪に雛はあきれた目を向ける。

「なんなの？　素直になったら死ぬ病気なの？」

「あなたの能天気さに怖気《おぞけ》が走っただけですよ。本当に気持ち悪いです」

「性格が悪すぎる……」

むしろこちらのほうが怖くなってしまいながら、雛は子負い帯で人形を背負おうとする。

人形はちょうど人の赤ん坊ぐらいだ。うまくやればちゃんと背負えるのだろうが、何分初めて子負い帯を使う雛はなかなかうまくできずに格闘してしまっていた。

「はあ……。雛、こちらに来なさい」

手招かれるままに継喪に寄っていくと、継喪は雛の手から帯と人形を取り上げた。

「この程度ができないなんてまったく無能な……はい、これでよろしいでしょう。早く自分でできるようになってください」

一言二言余計なことを言いながら継喪は雛の体に人形を固定する。少し体を動かしてみたが、ずれる様子もない。

「ん。あんがと、継喪」

また素直に礼を言うと、継喪はとてつもなく嫌そうな顔になった。

「気持ち悪い！」

「そこまでかよ……」

鳥肌が立ったのか継喪は自分の腕をさすっている。いくらなんでも人間不信にもほどがある。

「うるさいですよ。まったく……雛、アナタには今から朝食を作ってもらいます」

気を取り直したのか、偉そうに継喪は雛を見下ろしてくる。

「朝食？　俺、料理なんて……」

「はあ、やだやだ。最近の若い魂は料理もできないとは」

「はあ？」

明らかな挑発だったが雛は思わず乗ってしまった。継喪はにやりと笑う。

「お、俺だってやればできるし」

「ええ、ええ。こんなのアナタには簡単ですものね？」

「簡単に決まってるだろ！　今に見てろよ！」

「よろしい。まあ、手伝ってあげなくもありません。――泥よ、ここに」

ぱんぱんと手を叩《たた》きながら継喪が言うと、土間の土が持ち上がり、手のひらにちょうど載るぐらいの小さな泥人形が三体できあがった。

「お前たちは雛が妙なことをしないか見張っているように。わかりましたね？」

泥人形たちはまるで命が宿っているかのように、ぴこぴこと手足を動かして継喪の言葉に応える。

「えっ、かわいい……」

「何をぼさっとしているのですか。泥たち、台所に案内してあげなさい」

継喪が再び手を叩くと、泥人形たちはとてとてと足音を立てながら雛の周りにやってきて、その足をぐいぐいと押し始めた。当然、十倍以上の体格差がある雛の体はびくともしない。

その微笑《ほほえ》ましさに雛は口を押さえた。

「かわいい……ずっと見ていたい……」

いつまでも動こうとしない雛に泥人形たちは抗議の声を上げる。

「ぴきー！」

うんうんと頬を緩めてそれを観察していた雛だったが、背後に迫ってきていた継喪によって頭を片手でわしづかみにされた。

「何を、サボっているのですか！」

「痛い痛い痛い！」

ギリギリと頭蓋《ずがい》を握りしめられ、雛は悲鳴を上げる。

「遊んでいないでさっさと働く！　ほら早く！」

「ちぇ、はーい……」

今度こそ泥人形の先導で雛は台所に向かい始める。

台所は骨組堂の奥まった場所。裏庭に面した位置にあった。当然のようにコンロや冷蔵庫があるわけもなく、雛は台所の入口で立ち尽くす。

「まさか、火をおこすところからやれってこと？」

台所に置かれている鍋や食器をあらためていく。どれも新品同様に綺麗《きれい》で、焦げや汚れは一切ない。

もしかしてこれ、普段は使っていないんじゃ……？

そんなことを思いながら、とりあえず雛は裏庭の井戸から水を汲《く》んでくる。桶《おけ》をぶら下げて戻ってくると、泥人形たちが食事の材料をどこからか持ってきてくれていた。

「お、ありがとなー。これ、全部使っていいのか？」

こくこくと泥人形は首を縦に振る。雛は材料を前に「よし」と気合いを入れた。

米を洗い、水に浸して、火にかける。火はかまどの前で困っていると、泥人形たちがつけてくれた。彼らにお礼を言ってから、わかめを水で戻し、豆腐を切る。

そこまで順調に手を動かしたところで、雛ははたと気づく。

「……俺、こんなに料理できたっけ？」

記憶の中の自分は、どこにでもいる男子高校生だったはずだ。

確かに生まれた家は旧家と言ってもいいほど大きい。だけど、だからこそ幼い頃に家事の手伝いなんてしたことはないし、両親が実家を出て、一緒に都会に行ってからも、手伝いなんて数えるほどしかしたことがない。

なのに、なぜか体が覚えているかのように、見る見るうちに朝食はできあがっていった。

ご飯。味噌汁《みそしる》。漬物。

簡単なものではあるが完成した食事に、雛は満足げに鼻を鳴らす。

「まあ、俺にかかればこんなものよ」

「ぴー！」

「ぴきーっ！」

足下で三体の泥人形たちも一緒に喜んでくれている。

彼らの頭を指先でうりうりと撫《な》でてから、雛は朝食を載せた盆を持ち上げる。

「これ、形代サマに持っていけばいいのかな。お前ら、あいつがどこにいるかわかる？」

「ぴきっ！」

泥人形は元気よく返事をすると、台所を出て雛を案内し始めた。

裏庭に面した縁側を歩き、奥から数えて二番目の部屋。ふすまで閉ざされたその部屋の前で泥人形は立ち止まる。どうやらここが目的地のようだ。

「ありがと。お疲れ様ー」

三体の泥人形を順番に撫でてやると、泥人形たちは照れたような仕草をした後、パタパタと縁側を走って去っていった。

「形代サマー？　メシ持ってきたぞー」

投げやりにふすまの向こうに声をかける。しかし、返事は戻ってこなかった。耳をすましてみても物音もしない。

「いないのか……？」

雛は一旦盆を下に置き、ふすまをそっと開けてみる。家具がほとんど置かれていない畳敷きの殺風景な部屋。その奥で、形代は文机《ふづくえ》に向かっていた。

「いるんじゃん！　返事ぐらいしろよ！」

すぱんとふすまを開けて、雛は盆を形代のそばに持っていく。

「朝飯作ったぞ。どこに置けばいいんだ？」

形代は何も答えず、手元の台帳らしきものをめくった。雛には視線ひとつよこさない。

「おい、聞いてる？」

「…………」

「なあったら」

「…………」

何度話しかけても反応を返さない形代に、雛は徐々に苛立《いらだ》ちが募っていく。

「いらないのか？　いらないならいらないって言えよ」

「…………」

「返事しろって！」

「…………」

なおも返事をしない形代。とうとう堪忍袋の緒が切れた雛は、勢いよく立ち上がった。

「もういい！　これは俺が食うからな！　まだ台所に残ってるから食うならそっちを――」

そこまで言ったところで、雛の持っていた盆は形代によって奪い取られた。

「――黄泉竈食《よもつへぐい》も知らないのか」

突然知らない単語を出され、雛は動きを止める。形代は感情を感じさせない目で雛を覗《のぞ》き込んだ。

「逝くことを望むか、返ることを望むか。お前はまだ選んでいない」

聞き覚えのある問いかけに雛は記憶をたどる。

そうだ。最初に会ったときも、形代はこんなことを聞いてきた。でも、どういう意味だ？

「何のこと……」

説明を求めて口を開くも、形代はちらりと辺りをうかがうように視線を動かしただけだった。

しばしの沈黙。雛に視線を戻した形代は低く告げた。

「何も食うな。水も飲むな」

「はあ？」

「返りたいという気持ちがあるのなら、何も口にするな」

一方的にそれだけを言うと、形代は盆を持って部屋から出て行ってしまった。雛はそれをぽかんと見送る。

「なんだ、あいつ」

形代は、やることなすこと意味が分からないことだらけだ。口下手なのもあるのだろうが、そもそも聞いてもどういう意味か答えてくれないのだからどうしようもない。

継喪に事情を聞いても、あいつが素直に教えてくれるはずもないしなあ。そもそも、あいつがあんなにひねくれてなければ、もっと楽に仕事ができると思うのに。

「……おや、雛。またサボりですか？」

「げっ」

ちょうど愚痴を思い浮かべていた張本人に声をかけられ、雛は思わず小さく声を上げてしまう。継喪は笑顔のまま青筋を立てた。

「俺はアナタに食事の用意をお願いしたと思ったのですがねえ……」

「ち、違うって！　食事を形代サマに運んで来たところなんだって！」

また頭をわしづかみにされると察知し、雛は頭を抱えて後ずさる。

「言い訳だけは一人前ですね」

「言い訳じゃねーし！」

笑顔で怒りをあらわにする継喪に追い詰められていく雛。そんな二人の間に割って入ったのは小さな人影だった。

「ぴきー！」

「ぴー、ぴきー！」

駆け寄ってきた泥人形たちは、雛を庇《かば》って立ち、弁護の声を上げる。

「お、お前ら……！」

「チッ，仕事をしていたのは本当のようですね」

舌打ち交じりではあるが怒りを収める継喪。一方、雛はしゃがみこんで、恩人たちをなで回していた。

「お前ら本当に良い子だなー。あとでなんか食う？」

「うちのを手なずけないでくれませんか」

継喪がパンパンと手を叩くと、泥人形たちは一斉にどこかに行ってしまった。

「それから一つ勘違いをしているようですが、あの食事はアナタのためのものですよ」

「えっ」

「俺も形代さまも食事を取る必要はないので。作った分は自分で食べておいてください」

「ええ——……」

言いたいことだけ言うと、継喪はさっさと立ち去ってしまった。残されたのは唖然《あぜん》と立つ雛だけだ。

「……なんだよ、そうならそうと最初から言えよな。ったく……」

拗《す》ねた顔をしながら雛は台所へと戻っていく。

普段からものを食べていないのなら、さっきの形代サマの反応もまあ、納得はできる。いや、それにしたって無視はないな。うん、あれは形代サマが悪い。

全ての非を形代に押しつけ、雛は苛立ちもあらわに台所の戸を開けた。そこには当然、数人分の食事が手つかずのまま残っている。

「こんな量食えるかな……」

完成したばかりの頃はあんなにおいしそうに見えた食事が、今では倒しがたい難関のように見える。

しかしこのまま腐らせるわけにもいかないだろう。雛は大きめの茶碗《ちゃわん》二つに残っていたご飯と味噌汁を全て盛り付けて盆に載せる。そしてそのまま、落ち着いて食事が取れそうな場所を探し始めた。

今までいた台所は土間である上に腰掛けられるようなところもない。とりあえず最低限座っても問題ない場所であればどこでもいいんだけど……。

迷った末に雛は、戸を開けてすぐのところにあった縁側に腰掛けた。

あんまりうろちょろしていると、また継喪に何か言われそうだというのも大きい。

「大体あいつ、俺のことをほったらかしにするくせに小言は多いんだよな……」

ぶつぶつ文句を言いながら茶碗と箸を持ち上げ、白米を口に運ぼうとする。しかし、箸で挟んだ米が口に入りそうになったその瞬間——雛は、妙に嫌な予感がして手を止めた。

『何も食うな。水も飲むな』

真剣な面持ちで告げてきた形代の声が脳内に反響する。雛は箸を下ろして、茶碗の中の食事を見た。

形代はいちいち癪《しゃく》に障るし理解不能な奴だけれど、多分、意味のないことはしないんじゃないか。

そんな彼の忠告めいた言葉だ。完全に無視するのは躊躇《ためら》われた。

よもつへぐい。多分、自分がものを食べるとそれが起きるのだろう。そしておそらく、それはあまりよくないことだ。

雛は考えた末に、静かに茶碗を置いた。

今は食べるのは止めておこう。なぜかあまり腹は減っていないし、なんとかなるはずだ。

形代が言っていたことについては、今度『獣飼い』にでも聞いてみればいい。きっと、継喪よりはちゃんと何か教えてくれるはずだ。

問題は継喪にどうやって言い訳するかだけど……。

うーむと腕を組んで考え込む雛。庭の植え込みがガサガサッと音を立てたのはその時だった。

「……え、狸《たぬき》？」

茂みから顔を出したのは丸っこい輪郭をした獣だった。大きさは中型犬ぐらいで、犬にしては尻尾が丸い。多分、狸で間違いない。

狸は雛と目が合ったのに気づくと、前足に怪我《けが》でもしているのかひょこひょことした妙な動きでこちらに近づいてきた。その口には何かをくわえている。

「お前、もしかしてここで飼われてんの？」

狸の前にしゃがみこんで雛は尋ねる。狸は戸惑ったような仕草をした後、くわえていた何かを雛の前に落とした。

噛《か》み砕《くだ》かれてはいるが、明らかに何かの動物の骨だ。

人懐っこいのできっとここで飼われている狸なのだろう。そんな狸が、わざわざ持ってきた骨。それも動物の骨となれば、答えはおのずと限られる。

「え、うわ、何？　お前、まさか骨獣仕留めちゃったの？」

「ひゃん」

「狸ってそんな鳴き声なんだ……」

骨を持ってきたというショックより、思った以上にかわいい狸の鳴き声に気を取られた雛は、興味のままに狸に手を伸ばす。

頭を撫《な》でてやると狸は気持ちよさそうに目を細める。手触りはごわごわしていて温かった。

「癒やされるー。お前かわいいなー」

「ひゃう」

両手でわしゃわしゃと体を撫でてやると、狸はよく懐いた犬のように雛の顔をなめてきた。

「よーしよし。お前のご主人って形代サマと継喪どっちなんだ？」

「ひゃん」

「あはは、何言ってるか全然わかんないや」

「ひゃん……」

雛は落ち込んだような声を出す狸を抱え上げると、縁側に座って膝の上に置いた。

「聞いてくれよ狸。ここの二人って、そろいもそろって本当に気難しくてさー」

「ひゃう――……」

「悪い奴らじゃないとは思うんだけど、もうちょっとこっちのこと考えてほしいというか」

「ひゃんひゃん」

「そもそもどうしてここに来たかとかうやむやにされたままだし、父さんと母さんの魂のこともあるし！」

「ひゃう……」

話せば話すほどなりゆきでここにいるという今が、とても不安定なものに思えてくる。

今は彼らに従うしかないのは事実だ。自分はこの世界のことを何も知らないし、彼らは魂を送ることにかけては専門家だ。だけど、どうしたって心細さはある。

雛は狸の毛皮に顔を埋《うず》めた。

「俺……元の世界に帰れるのかな」

ぽつり、と呟《つぶや》いた言葉。抱きしめられるままに沈黙する狸。

その瞬間、まぶたの裏に藍色の光がはじけ、雛は思わず狸から手を離した。

──道。

──倒れている白い髪の男。

──男の胸には大きな穴が開いている。

──あれは、形代サマ？

一瞬だけ見えた光景に目を白黒させながら、雛の意識は現実に戻ってくる。

「今の、何だ？」

まだちかちかと眩《くら》んでいる目を庇いながら、雛は腕を逃れた狸を捜して首をめぐらせる。

その時、ガシャン、と何かが割れる音が響いた。

「えっ……ああー！」

音の出所は雛が持ってきた食器だった。食器をひっくり返して地面にぶちまけた姿勢で狸は固まっていたが、雛の大声に驚いたのか跳ねるように逃げていく。

「ちょっ……こら待て！」

制止する声を無視して、狸の姿はあっという間に見えなくなってしまう。残された雛は、縁側から落とされて割れてしまった茶碗を見て頭を抱えていた。

「あーもう、これ俺のせいになるやつじゃん！」

当然、中に入っていた食事も全て地面に落ちてしまい、とても食べられそうにない。雛は大きなため息をつくと、それを拾おうとしゃがみ込んだ。

「どうやって言い訳するかな……。屁理屈《へりくつ》言ってもあいつ聞いてくれなそうだし」

「――おやおや。そんなところにしゃがみこんで、かくれんぼですか？」

「うげっ」

またも気配なく立っていた継喪を雛はおそるおそる見上げる。

「いや……今回は本当に違って……」

「何が違うんです？　俺にはあなたが不注意で面倒事を増やしたようにしか見えませんが」

「違うんだよ！　俺じゃなくて狸の奴が！」

無駄な気がしつつも雛は必死で自己弁護する。すると、なぜか継喪は怪訝《けげん》な顔になった。

「狸？　何のことです？」

「え？　さっきまでここにいた奴なんだけど……すごい人懐っこいし二人が飼ってるのかと思ったけど違うの？」

「知りませんね。ただの迷い狸でしょう」

「えーそんなー……」

「もしくは！　アナタが言い訳のために嘘《うそ》を言っているかですが」

「嘘じゃないんだって！」

ギャンギャン言い合う継喪と雛。二人を見比べてオロオロとしている泥人形たち。それを遮ったのは、縁側をゆっくりときしませながらやってきた形代だった。

「継喪」

「……なんでしょう形代さま？」

瞬時に笑顔を取り繕い、継喪は尋ねる。形代は骨組堂の入口のほうを示した。

「客だ」

継喪はぴくりと眉を動かしてそちらを見つめた後、ふうと息を吐く。

「わかりました。今行きます。……雛、アナタはその茶碗を片付けておくように！」

「はぁーい」

「もっとやる気のある返事をしなさい」

「はいはい」

「まったく……」

ぶつぶつ言いながらも継喪は入口のほうへと去っていく。それを視線だけで見送ると、形代は庭へと降りてきた。

「あー、もしかして助け船出してくれた？」

「偶然だ」

「あっそ……」

突き放すように告げられ、お礼を言う気もなくした雛は割れた茶碗《ちゃわん》のほうを振り返る。そこには、泥人形たちがせっせと後片付けを始めている姿があった。

「お、お前ら……手伝ってくれるのか……！」

「ぴー！」

「ぴきー！」

「良い子だなほんとー！　どっかの誰かとは大違いだよ」

「ぴきー……」

ついさっき立ち去っていった「どっかの誰か」への文句を言いながら、雛は後片付けを始める。

茶碗の破片を拾い上げ、泥人形が持ってきてくれた器の中に入れる。幸いにも細かい破片はそう多くない。すぐに作業は済みそうだ。

それを繰り返していると、ふと背後から声をかけられた。

「おい」

「……何？」

「これは、獣が置いていったのか」

振り返ると、形代が手にしていたのは、狸がくわえてきたあの骨の欠片《かけら》だった。

「そうだけど……何？　形代サマのペットだったの？」

だったらさっき、ちゃんと庇《かば》ってくれればよかったのに。不満を込めて形代をにらむ雛だったが、形代は手の中の骨を見つめるばかりだ。

「お前は、知らないままでいい」

「はあ？」

それだけを言うと、形代は去っていく。その後ろ姿を見送りながら、雛は唇を尖《とが》らせた。

泥人形たちの手伝いもあって、片付け自体は数分で終わり、背中におぶった両親の人形を気にしながら雛は骨組堂の玄関へと向かう。

徐々に聞こえてきたのは若い女性の声だった。

「平治《へいじ》さんを早く黄泉《よみ》に送ってあげて！」

「ですから、その平治さんにお会いしないことにはどうにもならないのですよ」

女性と継喪はどうやら言い争いをしているようだ。雛は二人を刺激しないようにそっとふすまを開けると、少し離れたところで静観している形代の隣に立った。

「何？　もめ事？」

「……あれが黄泉に送りたい者を連れても来ずに、黄泉に送れと言っている」

「ええ……それって可能なの？」

「不可能だ」

「だよなー……」

まだ『骨拾い』について多くを知っているわけではないが、なんとなく無茶な注文だということは分かる。

「そもそもその平治さんとやらは黄泉に逝くことを了承しているのですか？　もしていないなら厄介ですよ？」

「う……そんなのどうだっていいでしょう！　あなたたちは人形を黄泉に送るのが仕事なんだから！　だったらさっさと彼を黄泉に送りなさいよ！」

彼女の傲慢な言い分に継喪の笑顔が凍った気がした。隣の形代は我関せずといった表情だが、それにしたって言い方ってものがあるだろう。

無性にむかついた雛は、女性と継喪の間に割って入った。

「おうおう、お姉さんそういう言い方はないんじゃないの？」

自分よりも背の高い女性に対し、小柄な雛は下からすごんでみせる。彼女は突然の闖《ちん》入者《にゅう》に怯《ひる》んだようだった。

「な、何よこのちびっ子……」

「誰がちびっ子だ！　お姉さん、平治さんって人を助けたいけど、自分じゃどうにもならないからここに来たんだろ？　それなのにそんな態度取ってたら助けてもらえないかもって思わないの？」

「それは……」

「お願いしに来たんなら、それなりの言い方ってもんがあるだろ。自分がどう思ってるかは置いておいてさ」

「…………」

黙り込む女性。言いたいことを言った雛は満足げに鼻を膨らませた。

やがて女性は息を吐き出し、頭を下げた。

「すみません、私が悪かったわ。……私は渚《なぎさ》といいます。どうか平治さんを助けてあげてください」

深く一礼した後、顔を上げた彼女の目にはまだ強い警戒があった。だが、話をする余裕はできたようだ。

雛はそれを見届けると、継喪に話を譲る。継喪は偉そうに彼女を笑い飛ばした。

「フン、最初からそう言っていればいいので……いたっ！」

なおも憎まれ口を叩《たた》く継喪のすねを雛は蹴りつける。にらみつけられたが、んベーと舌を出して応えてやった。

「この……！　はぁ、もういいです。詳しい事情をお聞きしますよ」

心なしか脱力した継喪は、渚を骨組堂の中に招き入れる。雛も客用の座敷《ざしき》へと向かう二人を追いかけようとしたが、形代にぽつりと声をかけられて立ち止まった。

「雛はすごいな」

振り向くと、形代は不思議なものを見る目で雛を見下ろしていた。どうやら皮肉などではなく、純粋に褒めてくれたらしい。

「どーも。継喪っていつもああなの？　仕事に影響しないのあれ？」

「昔は今よりもよかった。ここ百年で酷《ひど》くなった」

「ふーん、なんかあったの？」

形代は一瞬口をつぐむと、継喪に聞こえないようにか小さく言った。

「骨食いが露見した」

「ろけん……？」

「俺たちが人形たちを食うと思われた」

雛の乏しい語彙力のせいで一瞬混乱したが、なんとなく理解する。

つまり、形代サマと継喪は骨を食うとかそういうことで周囲に誤解されていると。でも、そもそも骨を食うってどういうことだ？

それを尋ねようと口を開きかけたその時、形代は一際近く雛に顔を寄せてきた。

「しばらくは時間を稼げる。早く選ぶことだ」

「は？」

聞き返した雛を無視し、形代は座敷へと向かってしまう。

時間を稼ぐって何の？　選ぶって何を？

相変わらず説明が足りない形代をじとりと見ながら、雛もその後ろを追って座敷へと入った。

「雛、この方にお茶を」

「へーい」

依頼人と向かい合って座る継喪にそう指示され、雛はやる気のなさそうな仕草で台所へと向かう。手早く茶を淹《い》れて戻ってきた頃には、依頼人の渚は少し頭を冷やしたようだった。

「さっきは本当にごめんなさい。平治さんに時間が残されてないと思ったら焦っちゃって」

「ええまったく。人に物を頼む態度ではありませんでしたね」

息をするように嫌みを言う継喪に、渚は居心地悪そうに縮こまる。雛は一番の新入りだというのに頭が痛くなる思いがした。

本当に大丈夫なのかな、継喪って……。

「でさ、渚さんが言ってる平治さんってどういう人なの？」

助け船のように雛が話に割り込むと、渚は驚いた顔をしつつも素直に口を開いた。

「平治さんは……私より少し年上の男の方なんです。彼の記憶が確かなら、亡くなったのは三十代だったと」

「ほう。そんな方とあなたはどういうご関係なので？　まさか死後の世界であるここで夫婦の契りでも結びましたか？」

「ふ、夫婦なんてそんな……！」

継喪の一言に渚は動揺して赤面し、すぐに気を落とした顔になった。

「夫婦なんて、そんな大層な関係ではありませんよ。確かに私は平治さんを大切な人だと思っていますが、彼には生前に死後の契りを結んだ相手がいるんですから」

意味深な一言に継喪は目をすがめる。

「死後の契り、ですか。察するに、それが彼の忘れている未練ですか？」

「どう、なのでしょう。彼はその方のことをちゃんと覚えているんです。かつて現世だけではなく死後も一緒に暮らそうと誓い合った仲で……亡くなる数年前から彼は伏せっていたそうですが、死の間際にも会いに来てくれたと言っていました」

「ははあ、読めてきましたよ」

継喪は相手を見下すような目で渚を見た。

「さてはその平治さんとやら、死後の契りを結んだ相手をこの『根《ね》の国《くに》』で待っているということですね？　きっと相手も未練を抱えているのだから、ここにやってくると信じて」

明らかに馬鹿馬鹿しいと思っている口調で継喪は言い放つ。渚は何も答えられなくなったようだった。

「それで結局、想《おも》い人が見つからないまま、時間切れを迎えようとしていると」

「……はい」

「よろしいのではないですか？　そんな愚か者、壊れてしまえばよいのです。本人が望んでいない者を優先するほど、俺たちは暇ではないんですよ」

しっしっと手を振りながら継喪は宣告する。雛はそんな継喪を複雑な思いで見るしかなかった。

黄泉平良坂《よもつひらさか》に居座り続けた魂は、すりきれていずれ壊れてしまう。最悪の場合、『折れ骸』になることもありえる。

雛は昨日遭遇した『折れ骸』のことを思い出し、背筋を震わせた。

どう見てもあれは正気を失っているようだったし、多分、出会ったもの全てに襲いかかるような存在だ。

もし自分に大切な人がいて、それを『折れ骸』になった自分が襲ってしまったら。想像するだけで恐ろしいし、あってはならないことだと思う。だから、本人の意思を無視してでも『骨拾い』を行って、黄泉の国に送りたいという渚は多分正しいのだ。

でも、継喪の気持ちも雛には分かった。

詳しいことは聞けていないけれど、形代と継喪が嫌われているのは誤解によるところが大きいらしい。そして、二人は嫌われているというのに人形たちのために働き続けている。

そんな境遇にある二人が、黄泉に向かおうとせずに居座っている人形に反感を覚えるのは当然だ。だけど、それを思うなら平治という人だって理由もなく黄泉平良坂に留《とど》まっているわけではない。

全員の気持ちが分かってしまった分、雛は口を閉ざす以外の選択肢を失ってしまっていた。


『相手の気持ちに寄り添ってほしい』


ふと、獣飼いの言っていたことが頭をよぎる。

気持ちに寄り添う。共感。

それ自体は簡単だけれど、全員が納得できる結論を導くのは難しすぎる。

どうすることもできずに雛はうつむき、場も剣呑《けんのん》な雰囲気のまま沈黙に包まれる。それを破ったのは形代の一言だった。

「継喪」

「……ええ、ええ。分かっていますよ。仕事は仕事です。もちろんお受けしますとも」

とがめるような形代の声に、継喪は肩をすくめて息を吐く。

「それでは渚さん。その平治さんに関する手がかりは当然お持ちなのでしょうね？」

「は、はい！　これを……」

話を受けてもらえるのだとようやく悟った渚は、小さな紙包みを継喪に手渡す。そこには白髪交じりの髪の毛が一房入っていた。

「人形の一部ですか。これなら台帳で調べられそうですね」

パンパンと継喪が手を叩くと、泥人形たちがわらわらと現れ、数分後に和綴《わと》じの本を数冊持って戻ってきた。継喪はそのうちの一冊を手に取ると、髪の毛を片手にページをめくり始める。

「ええと、平治、平治……。ああ、いましたね。一五十年前組み立てた人形です。きちんと組み立てたはずなのに視力のない人形になってしまったと記録してあります」

そう言いながら継喪が指先に力を込めると、髪の毛は土塊へと変わっていった。

雛はそっと形代のほうに体を傾ける。

「……あれ、どうなってんの？」

「骨組人形の血肉は黄泉平良坂の泥だ。俺が骨を捜し当てて組み立て、継喪が泥で足りない部分に肉付けしている」

あまり期待せずに形代に尋ねてみると、思いのほかまともな答えが返ってきた。雛はひそひそと形代に囁《ささや》く。

「もしかして、形代サマって継喪より親切？」

「聞こえていますよ、失礼な。……形代さま、手がかりは少ないですが追えそうですか？」

「骨を食えば、あるいは」

形代の言葉に渚は目に見えて硬直する。彼女たち骨組人形から見れば、まるで人肉を食べるような話に聞こえるのだろう。

「おやおや、少し前は簡単にできていたと思いましたが。もしかして調子でも悪いので？」

「……お前が一番よく知っているはずだ」

「ええもちろん。あなたがいなくなっては困りますからね」

骨を食べるという行為について二人は話す。どうやら骨を食べているのは事実のようだ。

だったら、二人は町の人形たちに何を誤解されているんだ？

雛はそっと形代に尋ねようとしたが、その前に継喪はさっさと話を進めてしまった。

「さて、これで動き始めることはできそうですが……渚さん、あなたもう一つ俺たちに隠していることがありますね？」

にこり、と貼り付けたような笑顔を向けられ、渚は目に見えて動揺する。

「その平治さん、俺たち以外に頼っている相手がいるでしょう。たとえば、骨獣を保護して人形どもに猶予を与えているバカとか」

渚はぐっと言葉につまり、脱力した。

「……はい。想い人の骨獣が見つからないか、獣飼いさんに頼んで捜してもらっているそうです」

「やっぱりそうですか。アレと俺たちが不仲だと聞いたから隠したのでしょうが、そういうことはちゃんと言っていただかないと困ります」

継喪は腹立たしげに眉を寄せる。雛は首をかしげた。

「あれ？　継喪って獣飼いさんと仲が良いんじゃ」

「仲良くありません。あんな後先考えない無責任な男と仲が良いものですか」

その言い方も含めて仲良さそうだけどなあ、と雛は思ったが黙っておくことにした。それを口にすると継喪はさらにへそを曲げそうだったので。

「しかし、アレを頼っているとなると、あの男がすでに平治さんとやらの骨獣を捕まえている可能性もありますね……」

嫌そうな顔を隠そうともせず継喪は考え込む。やがて継喪は、雛に視線を向けた。

「え……何のことか……」

「雛。アレのところに行って、隠し事がないか探ってきなさい」

「え、探るってどうやって」

「自分で考えなさい。アレは善良なのだけが取り柄のお人好《ひとよ》しですから、適当に言えば自分から話してくれますよ」

「ええー……」

無茶ぶりだろうとは思いながらも、そのまま座敷《ざしき》を追い出されてしまった雛は仕方なく『骨組堂』の外に出る。外は突き抜けそうなほど青い晴れ模様だった。

「行くしかないかあ……」

気持ちいい晴天にふさわしくない大きなため息をついて、雛は肩を落とす。すると、足下に見覚えのある小さな人影があることに気がついた。

「ぴきー!」

そこには、かわいらしいサイズの泥人形が一体、背伸びをするように手を伸ばして立っていた。雛はそれをそっと持ち上げて手に載せる。

「お、なにお前、ついてきてくれるのか?」

「ぴー!」

「そっかー。継喪もいいところあるじゃん」

一気に上機嫌になった雛は、着物の胸元に泥人形を入れると、軽やかな足取りで歩き出した。

胸元に泥人形。背中には両親の人形。

よくわからないものを二つも持ち歩いている雛に道行く人々は奇妙なものを見る目を向けていたが、幸か不幸か泥人形とじゃれあっている雛はそれには気づかなかった。

「でも隠し事がないか探れって言ってもなー」

「ぴきー」

「誘導尋問《ゆーどーじんもん》ってやつ？　俺、そういうの出来ないんだけど」

「ぴーぴきー！」

「そうだよなー！　出来る奴のほうが少ないよなー！」

言葉は通じていないがなんとなくのニュアンスは伝わっている気がして、雛はにこにこ笑いながら歩いていく。

昨日、桐子に教えられた道を視線を集めながら歩き、雛は獣飼いの屋敷《やしき》へとたどり着く。

屋敷の前では、生意気そうな目つきの少年——琴葉《ことは》が箒《ほうき》で砂を掃いていた。

「あ」

「……うわ」

琴葉は雛が視界に入った途端、嫌そうに顔をしかめる。雛は少し考えた後、胸元の泥人形に声をかけた。

「悪い。ちょっと隠れてくれるか？」

「ぴき？」

「あいつ、継喪のこと嫌いっぽいからさ。頼む」

囁き声でお願いすると、泥人形は雛の着物の裏へと潜っていった。少しくすぐったいが我慢できるぐらいだ。しっかりと泥人形の姿が見えなくなったのを確認すると、雛は琴葉へと歩み寄っていく。

「よ。確か琴葉くんだったよな」

「……何しにきたの、骨食いめ」

「そういう言い方はよくないんじゃないの？　大体お前、俺が骨食ってるとこ見たことあるの？」

「……それは、ないけど」

思いのほか話が通じるのか、琴葉は箒を握りしめて俯《うつむ》く。雛はこれ幸いと琴葉の肩を抱いた。

「だろー？　俺は超無害な一般人で、お前のは偏見《ヘンケン》いっぱいの先入観《センニューカン》なんだよ。なんだっけ、サングラス？　色眼鏡？　虫眼鏡？　そういうやつ！　な！」

それっぽい単語を並べてやると、琴葉は目を白黒させた後、冷ややかな視線をこちらに向けてきた。

「……それ、意味分かって言ってる？」

「いや？　全然？」

堂々と雛は答える。そのいっそ清々《すがすが》しいほどの開き直り加減に琴葉は呆気《あっけ》にとられた後、大きなため息をついた。

「はぁ……何の用なの」

「おっ、聞いてくれるのか。良い子だなー」

「撫《な》でるなひっつくな！」

うりうりと撫でてやると、琴葉は嫌そうな顔をしながら抵抗する。

「実はえーと……俺、おつかいで来たんだけどさー」

「やっぱり骨食いのことじゃないか！」

「待てって。今回はそういうのじゃなくて、うーん……」

「……まさか、先生のこと探ってこいって言われたとかじゃ」

「うん、そうそう！　あ、違う、これ言っちゃいけないんだった……えーっと、そういうのじゃなくてー……」

琴葉はしばらく「なんだこいつ」という目を雛に向けていたが、必死に言い訳を考えている雛は気づいていない。

「そう！　俺、獣飼いさんと仲良くなりたくてさー！　ほら、骨組堂の二人ってめちゃくちゃ性格悪いだろ？」

「はぁ……わかったよ。入っていいよ」

「え！」

雛の反応も見ずに、琴葉は箒を片手にさっさと屋敷へと入っていく。雛は慌ててその後ろを追いかけた。

「お前、意外と良い奴だなー。俺が撫でてやろう」

「触るな撫でるな。お前、すごいバカだからどうせ何もできないでしょ」

「は？　バカじゃないけど」

「バカはみんなそう言うんだよ」

辛らつな言葉を投げつけながら、琴葉は屋敷の母屋には入らず、その奥の離れへと向かっていく。

「あれ？　今日はこっちなのか？」

「先生、この時間は骨獣の世話してるから」

「ふーん」

離れの戸口は母屋よりも厳重に閉ざされていた。琴葉が大きな鍵を戸の穴に差し込んでひねると、からくりが作動するような大仰な音がして錠が開く。

戸そのものも、幼い琴葉では体重をかけないと開かないほど重厚だ。興味津々の顔で雛がそれを眺めていると、琴葉はぶっきらぼうに答えた。

「皆から預かった骨獣を閉じ込めてるの。逃げたら大変でしょ」

しっかりと入口を閉ざし、琴葉は奥の間へと進む。入ってすぐの場所にある戸を開くと、そこには竹製の籠と檻《おり》が山のように積まれた光景が広がっていた。

それぞれの籠や檻の中には骨獣が閉じ込められており、部屋に入ってきた雛と琴葉を気にしているようだ。

「先生ー。バカが会いたいってさ」

「誰がバカだ」

「だって僕、お前の名前知らないもん」

「雛だよ、雛！　覚えたな、もうバカって言うなよ！」

「雛？　男のくせに女みたいな名前。バカのほうがいいんじゃない？」

言い放たれた言葉に雛は一瞬固まり、感極まった顔で彼に抱きついた。

「お前良い子だなー！」

「は？　もっと頭悪くなったの？」

「俺のこと、ちゃんと男って呼んだやつ初めてかも！」

「知らないよ、バーカ」

「バカじゃなくて雛だぞー」

「撫でるな鬱陶しい！」

抵抗する琴葉を雛は撫で続ける。しばらくその攻防を繰り広げていると、奥から獣飼いが顔を出した。

「あれ、二人とも仲良くなったんだね」

「獣飼いさん！　そうそう、こいつ良い奴でさー」

「仲良くなってない！　こいつがバカなだけ！」

琴葉は叫ぶように言うと、獣飼いのほうへと駆け寄っていく。その勢いに驚いたのか、周囲の骨獣たちはギャアギャアと暴れた。

「こらこら、ここは走っちゃだめだろう？」

「う……ごめんなさい」

「あと、人をバカなんて言わないの」

「だってあいつバカだもん」

「琴葉」

　とがめるようにゆっくり名前を呼ばれ、琴葉は口をつぐむ。そして、悔しそうにぐっと唇を曲げると、捨て台詞《ぜりふ》を吐いて走り去っていった。

「バーカ！　さっさと用事終わらせて帰れ！」

「こら、琴葉！」

　獣飼いが呼び止めた頃には、琴葉はもう戸を閉めてその向こう側に消えていた。獣飼いは大きくため息をつく。

「ごめんね、雛くん」

「いや、いいよ。なんか仲良くなれた気がするし」

「そうかな……うん、そうかもね」

　苦笑しながら獣飼いは言い、一人で納得したようだった。

「あの子、僕の弟子として教えてるんだけどね、できればここにいる間だけでもあの子と仲良くしてあげてほしいんだ」

「え？　それは別にいいけど……」

「ありがとう。あの子はいずれ僕の代わりにこの骨獣たちを管理していくからね。今のうちに友だちの作り方を覚えておいてほしいんだよ」

穏やかな顔で、獣飼いは近くにあった骨獣の籠を開ける。小鳥の形をしたそれはおとなしく獣飼いの肩に止まった。雛はそれを目で追いながら密《ひそ》かに考え込む。

探ってこいって言われてもどう探ればいいんだ……？　どう切り出すかもわからないし……。いっそ普通に聞いちゃうか？

思い悩む雛に、何かを察したのか獣飼いはくすりと笑い、話を切り出した。

「君の用件の前に、実は君に謝らないといけないことがあるんだ」

「え？」

唐突に告げられ、今まで考え込んでいたこともあって雛は間抜けな声を上げる。獣飼いは本当に申し訳なさそうに頭を下げた。

「昨日は黄泉竈食《よもつへぐい》をさせようとしてごめんね。まさか、君がまだ現世に戻るつもりがあるとは思わなくて」

よもつへぐい。今朝、形代に言われた謎の言葉だ。

雛は文字通り食いつくように獣飼いに詰め寄った。

「なあ！　そのよもつへぐいってなんなんだ？　形代サマも同じこと言ってたけど、教えてくれなくてさ」

「ああ……ちなみにどういうやりとりをしたのかな？」

獣飼いに促され、雛は成り行きを説明する。

朝食を作るように言われたこと。形代にそれを取り上げられたこと。継喪に自分がその朝食を食べるように言われたこと。嫌な予感がしてそれを食べなかったこと。

全てを話し終わると、獣飼いは片手で頭を抱えた。

「……うん。形代さまは相変わらず言葉が足りないお方だということはよく分かったよ」

「だよなー」

うんうんと頷《うなず》く雛に、獣飼いはまた頭痛をこらえる顔になる。

「黄泉竈食っていうのは、簡単に言うと、この世界──黄泉平良坂のものを食べることだよ」

「へえ。それって何か悪いことでもあるの？」

「……黄泉竈食をした魂は、もう現世に戻れなくなるんだ」

獣飼いの言葉に雛は固まり、思考を始める。

「え、じゃあ形代サマは、俺が現世に戻れるように気を遣って……？」

「逝くか返るかというのも、現世に戻るつもりがあるならちゃんと言えってことじゃないかな」

今度は雛が頭を抱える番だった。

「わ、わかりにくい!」

「そうだよね、形代さまってそういうところあるから……」

訳知り顔で頷く獣飼い。そんな彼を見ているうちに、雛は積み重なってきた疑問が顔を覗《のぞ》かせるのを感じていた。

今回のこれもだけど、あの二人はとにかく誤解をされやすいんじゃないかと思う。だったら、例の骨食いの話も、もしかして――

「獣飼いさん!」

「何かな?」

「教えてほしいことがあるんだ」

改まって尋ねる雛を見て、獣飼いは骨獣をそっと籠に戻した。

「何かな。僕に答えられることならなんでも答えよう」

雛はぐっと腹の奥で覚悟を決めると、獣飼いの顔を見上げる。

「骨食いってなんなんだ? どうしてあの二人はあんなに嫌われてるんだ? 何か理由があるんじゃないのか?」

矢継ぎ早に尋ねると、今までにこやかだった獣飼いの表情がこわばった。

聞いてはいけないことだったかもしれない。雛はそう察したが、あとには引けない。

「……その意味を聞いて、君はどうするつもりかな」

「え、どうって……」

逆に尋ねられ、雛は狼狽《ろうばい》する。

気になったから聞いた。それはその通りだ。でもただ興味本位で聞いたのとは少し違う。

骨食いというものについては、きっと何かの誤解があるのだと思う。それがどんなものなのか自分には想像もつかないし、知って自分が何を変えられるのかも分からない。

でも――

「今のままじゃいけないんじゃないかって思ったんだ。正しいとか間違ってるとかじゃなくて、その、悲しいなって」

ぼそぼそとやっと言葉にできたのは意見でも意思でもなく、ただの素朴な感想だった。

しかし、獣飼いはそんな雛の言葉に目を丸くすると、ひどく穏やかな表情になった。

「……悲しい、ね」

「そうだよ。だって嫌じゃん、悲しいのはさ。誰も悪くないのに、素直じゃないだけでいがみあったりすれ違ったり……そういうのってやっぱり悲しいよ」

「そう……そうだね。とても悲しい」

自然と俯《うつむ》いていた雛の頭に、ぽんと手のひらが載せられる。見上げると、獣飼いは泣くのをこらえているような微笑《ほほえ》みを浮かべていた。

「獣飼いさん？」

「……いや、惜しいと思ってね」

唐突な言葉に雛は目をぱちくりとさせる。獣飼いはそんな雛の頭を優しく撫《な》でた。

「君はちゃんと相手の気持ちに寄り添える。君ならきっと、よい骨拾いになれただろうに」

「骨拾い？」

雛は記憶をたどり、その単語の意味を少しかけて思い出した。

「それって確か形代サマたちがやってる骨獣を見つけて元の体に戻すやつだよな。じゃあ、俺も形代サマと一緒にちゃんと働けるってこと？」

もしそうなら能力を認めてもらえたようでちょっと嬉《うれ》しい。現世に戻らない間だけでも形代サマのところで働いてやってもいいと思えるし、何より両親の魂を自分の手で送れるということだろうから。しかし、獣飼いはゆっくりと首を横に振った。

「骨拾いになるということはね、形代さまの跡継ぎになるということだよ。形代さまの代わりに、この黄泉平良坂を管理していくということだ」

「でも君は現世に戻るんだろう？　だったら気にしなくていいよ。これはこっちの話だから」

「えっ……」

最後に優しく一撫でして、獣飼いは雛の頭から手を離す。雛はその名残を惜しむように自分の頭を手で押さえた。

「骨食いについて教えることはできる。でも、他の人形には決して言ってはいけないよ」

顔を近づけて言う獣飼いに、雛はこくこくと首を縦に振る。獣飼いは微笑んだ。

「ありがとう。……そうだね、まずこれが一番大切な秘密なのだけど……、実は人形が壊れないまま黄泉平良坂に滞在し続ける方法はあるんだよ」

言われた意味を理解するのに少し時間がかかってしまった。

壊れないまま滞在できる？　それって……。

「ずっと黄泉《よみ》の国に逝かない人形は壊れちゃうんだよな？　そんな方法があったら、みんな試すんじゃ」

「うん。だからこの方法は秘密なんだ。これが誰にでもできると思われると困るから。だから、僕たちは身動きが取れなくなってるんだけど……」

秘密の方法。誰にでもできると思われると困る。誰かはすでにこの方法をやっている？

雛は考えに考え、一つの嫌な結論にたどり着いてしまった。

「ま、まさか、それって他の人形の骨を……」

「その通り。形代さまはそうやって、もう随分と長い間、ここの管理人を続けているんだよ」

雛はさっと血の気が引く思いがした。

「それじゃあ、誤解でもなんでもなく、形代サマは他の人形の骨を食ってるってことに……」

「いや。あの方が食べているのは、黄泉の国に逝けずに砕けてしまった人形たちの残骸だけだよ。決して、まだ黄泉に逝ける可能性のある骨は食べていない」

「でも……」

雛は口ごもる。その意味を正しく獣飼いは理解した。

「そうだね。口で言うならどうだって言える。もしかしたら自分の仲間が食べられているのかもって思うのは当たり前だ。だから百年前までそのことは秘密にされてきたんだ」

次々に与えられる情報に混乱してしまいながら、雛は必死に考える。

「じゃあ……その百年前に何かあったのか？」

「……うん。形代さまが、人前で骨を食べたんだ。その当時、弟子にしていた人形の骨を」

　雛は言葉を失う。

　百年前、骨を食べられた。そのことを見ていた人形がいる。人形たちの間の、噂《うわさ》。

『噂によると獣飼いさんの右腕も二人に食べられたらしいわ』

　まさか――

「その弟子って、もしかして」

「……うん。僕のことだよ」

　優しく微笑みながら獣飼いは答える。

「なんで、そんな……！」

「誤解しないでほしい。僕は骨を食べられたんじゃない。僕が形代さまに無理やり自分を食べさせたんだ」

　力を込めて告げられた真実に雛はぽかんと口を開ける。

「人形にとって骨とはとても力のあるものでね。骨を食べた人形は、備え持っている力が強まるし、たとえ壊れかけていても存在をつなぎ止められる。そして、あの瞬間、形代さまは壊れかけていた。だから僕は自分の骨を形代さまに食べさせた。……それだけだよ」

信念をもって語られ、雛は何も答えられなくなる。

形代サマが獣飼いさんの骨を食べたのは本当で、でもそれは形代サマを守るために獣飼いさん本人がやったことで、誰も本当に悪くなくて。

「そんなのって……そんなことしたら獣飼いさんは……」

「うん。僕の骨は欠けてしまった。持っていたはずの自分の名前ももう思い出せない。僕は黄泉には逝けず、ここで朽ち果てることになるだろうね」

「獣飼いさん……」

「でもそれでいいんだ。今はこうして人形たちの骨獣を預かって、少しでも彼らの苦しみに向き合う手伝いができている。遠回りではあるけれど、形代さまと継喪さまのお役に立てて、僕は幸せなんだよ」

本当に、心の底からそう思っている声色で告げられ、雛はうまく呼吸ができなくなる思いがした。

悔しい。悲しい。そんな単純な感情が渦巻いて、涙が出そうになる。

獣飼いはそんな雛をしばらく見つめた後、少しだけかがんで彼と視線を合わせた。

「ありがとう、雛くん」

雛は戸惑いがちに顔を上げる。

「俺、何も……」

「ううん。君がそうして僕たちのことを想《おも》ってくれた。僕たちの気持ちに寄り添ってくれた。……それだけで僕は救われるんだ」

「……寄り添ったって何も変わらないよ」

「うん。だけど、いつかやってくる終わり方は変えられる。人を送るってきっとそういうことだと想うんだ」

人を送るということ。見送るということ。

黄泉の国に送るということ。両親の魂を、送るということ。

自分の目的と重ね合わせ、雛は考え込む。

そうだ。自分も両親が死んでしまったという事実は変えられない。だったらせめて、良《い》い送り出し方をしたいと思ったんだ。

そしてそれはきっと、息子である自分にしかできないことなんだ。

自分の中でずっと曖昧になっていた動機が——ようやく言葉にできた気がした。

「……もしかしてさ、寄り添うって形代サマたちに教わったの？」

「うん。骨拾いにとって大切なことだって」

「……寄り添うなんて、あいつらからは一番遠い言葉な気がするけど」

「そう言わないであげて。不器用なだけなんだよ」

苦笑しながら獣飼いは言う。雛は少し考え、意を決した。

「よし、決めた！」

雛はぐっと腹の奥に力を込めると、背伸びをするように獣飼いを見上げる。

「俺、あの二人のところで働く。働いて、絶対に自分の手で父さんたちを黄泉に送る。そりゃあ、いつかは現世に戻りたいし、跡継ぎにはなれないけどさ。……終わり方以外にも変えられるものはあるって、そう思うから」

両親の死は変えられない。獣飼いの悲しい結末も、どうしようもない形代たちの現状も変えられない、かもしれない。

でも、それでも、ここで立ち止まるのは悲しいと思った。

雛のまっすぐな眼差《まなざ》しを受け取り、獣飼いは面食らった後——くしゃっと泣き出しそうな顔で笑った。

「ありがとう。僕は——」

「せんせー！」

背後の戸から声がして、雛は振り向く。そこには、半分だけ開いた戸から顔を覗《のぞ》かせる琴葉の姿があった。

「お客さんが来たけど……えっ」

琴葉は獣飼いの表情に気づくと、血相を変えて駆け寄ってきた。

「先生、泣いてるの⁉　……お前、先生をいじめたな！」

「いでっ！」

「先生をいじめるな！　許さないからな！」

「いてっ！　誤解だって！　蹴るなよー！」

「許さないからなー！」

誤解を受けているのが分かるぶん、ろくな抵抗もできずに雛は攻撃を受け続ける。怒り狂う琴葉を止めたのは獣飼いの手だった。

「そこまで。本当に雛くんは僕をいじめたりしていないよ」

「でも先生……」

「僕のために怒ってくれてありがとう。雛くんはとても嬉しいことを言ってくれたから、僕が感動しちゃっただけなんだ」

そっとなだめられ、琴葉はまだ疑念に満ちた目で雛を見上げる。

「ほんとほんと！　俺、すっごいいいこと言っちゃってさー」

「本当に？」

「嘘《うそ》っぽい……」

「嘘じゃないんだって！」

ぎゃんぎゃん言い合う二人に目元を緩めながら、獣飼いは琴葉を促す。

「ほら、お客様が来たんじゃなかったの？」

「うん……。平治さんがまた来たよ。想い人の骨獣がないか捜しに来たんだって」

聞き覚えのある名前に、雛はハッとここに来た目的を思い出す。

「そうか。じゃあ、ここに通してくれるかな」

獣飼いの指示に、琴葉はパタパタと部屋を出ていく。雛はもじもじと言いよどんだ後、獣飼いに切り出した。

「あの、さ、獣飼いさん」

「何かな？」

「実は平治さんの知り合いが今朝骨組堂に来てて……」

本当はこっそり探るという話だったが、この人なら隠したりごまかしたりしないという確信が今の雛にはあった。予想通り、獣飼いはすぐに「ああ」と納得した顔になった。

「僕が彼の黄泉行きを妨害しているんじゃないかって話だね。大方、継喪さまに言われて来たんだろう?」

「う……」

まるで見ていたように言い当てられ、雛は気まずさで斜め下を見る。獣飼いはそんな雛の反応を笑い飛ばした。

「あの方はとことん僕を信用していないからね」

「アイツ、そんなに嫌わなくてもいいのに……」

「おや、嫌われてはいないよ?」

当然のような口ぶりで獣飼いは否定する。雛はぽかんとした顔で彼を見た。

「あの方にとって僕は形代さまの跡取りの失敗作だからね。僕を見てると自分の失敗を見ているようで嫌なんじゃないかな。要するに、八つ当たりだね」

「そんなガキみたいな……」

「それは本当にね。でも嫌われてはいないよ。昔はかわいがってもらったし、今もなんだかんだ骨獣を保護するのを見逃してもらってるしね」

ふふんと誇らしげに言う獣飼いを雛はじとりと見上げる。

「もしかして、獣飼いさんってめちゃくちゃ能天気なプラス思考?」

「ふふ、よく言われるよ」

他人事《ひとごと》のように笑う獣飼いに、雛はどっと疲れた気分になった。

「なんか……心配して損したー」

「まあまあ。嬉《うれ》しかったのは本当だから」

「だってさー……」

むくれる雛を獣飼いは宥《なだ》める。

「雛くん」

「何」

まだ拗《す》ねた顔をしている雛に、獣飼いは巾着に何かを詰めて差し出した。

「……これは？」

「お守りだよ。骨組堂にいるなら、色々大変なことに巻き込まれるだろうし」

「ふーん」

「本当に困ったときは、それに頼るんだよ。いいね？」

「何が入ってんの？」

何気なく尋ねると、獣飼いは「ふふ」と怪しい笑みを浮かべた。

「え、こわ……」

「ふふふ」

爽やかなのにどこか胡乱《うろん》な笑みを浮かべる獣飼いから、雛は一歩距離を取る。

そうしているうちに戸が再び開き、一人の男性をともなって琴葉がやってきた。

「先生、連れてきたよ」

「ありがとう。いらっしゃい、平治さん」

獣飼いが声をかけると、平治と呼ばれたその男性はぺこりと頭を下げた。そのまぶたは閉ざされており、片手には杖《つえ》をついている。ここまでは琴葉が手を引いてきたようだ。

「こんにちは。今日も俺の愛《いと》しい里《サト》の骨を……」

「残念ながら昨日来た時から骨獣は増えていないよ。それでもよければ捜していくといい」

平治は再び頭を下げると、杖を頼りに周囲の骨獣の様子を探り始めた。こちらに気づいていない様子の彼を見ながら、雛はそっと獣飼いに顔を寄せる。

「あの人、毎日、その里《サト》って人を捜しに来てるの？」

「うん。もう一年近くになるかな」

「……他の人の骨って、普通の人形にわかるもんなの？」

「残念ながらわからないかな。僕も多少視《み》る才はあるから、彼自身の骨獣がここにないか獣飼いは平治をちらりと見る。彼は文字通り目も見えていないのに、里の骨を捜し続けていた。

「彼の骨獣もここにはいない。……雛くんも視てみるかい？」

よくわからないことを促され、雛は首をひねる。

「視るってどうやって？」

「うーん、感覚的なことにはなるんだけど、ぐーっと目をこらして彼を見てごらん。うまくいけば、彼の魂が放つ色が見えてくるはずだから」

言われた通り、雛は目を細めて平治を凝視する。そのまま静止すること数秒。彼の体がぼんやりとした光をまといはじめた。

「なんか……黄色っぽいのが見えるような……」

「じゃあ今度は周りの骨獣も同じように視てごらん。視分ける能力に特別長《た》けている君なら、もし同じ色の骨獣があればすぐにわかるはずだよ」

その言葉に従い、雛は辺りをぐるりと見回す。骨獣はどれもぼんやりとした魂の色を放っている。だが、どこを見ても「違う」という感覚が雛の頭に浮かぶばかりだ。

「なさそうだろう？」

「うん。ここには――」

言いながら雛は獣飼いに目を向ける。自然と目に入った彼の魂の色に、雛は既視感があった。

暗い藍色をした光。どこかで見覚えがあるような――

「……どうかした？」

不思議そうな顔をして獣飼いは雛を覗き込んでくる。雛は今見たものへの違和感の正体をつかめないまま、ふるふると首を横に振った。

「ん、なんでもないと思う。多分」

「そう？　でも困ったね。君の目的はあの平治さんを黄泉《よみ》に送ることなんだろうけれど」

困り果てた表情をする獣飼い。雛もこれからどうすればいいかわからずに、平治のほうをうかがうことしかできない。

その時、平治は骨獣の中を捜し回ることをやめ、獣飼いに声をかけてきた。

「獣飼いさん、お願いしたいことがあるのですが……」

「お願いしたいこと？」

獣飼いが尋ね返すと、平治は少し迷った後に切り出した。

「最近出現している折れ骸が骨獣を集めているという噂《うわさ》は聞いたことがありますか？」

「そうなの？　確かに折れ骸は骨獣を襲う習性があるけれど……」

「はい！　だから、俺の愛しい里の骨獣も、もしかしたらそいつに捕まっているかもしれないと思って！」

「それは……」

いささか飛躍した論理を語る平治に、獣飼いは閉口する。

可能性は低いと言うのは簡単だが、きっと彼は納得しないだろう。端から見ている雛にもそれはわかり、雛も複雑な顔をして黙り込んだ。

一方、獣飼いは何か考える仕草をした後、雛に顔を寄せて囁《ささや》いてきた。

「雛くん、お願いがあるんだけど」

「お願い？」

「平治さんの骨獣捜しに少し付き合ってあげてほしいんだ」

唐突な提案に雛は困惑の目を獣飼いに向ける。

「付き合うって……」

「少し捜したら満足すると思うからさ。それに、彼を黄泉に送るためって考えると、一緒にいたほうがいいと思うな」

「別にいいけど……厄介ごとを俺に投げてるとかじゃないよね？」

「ふふ、まさか」

「ええ……」

彼がなかなかに良《い》い性格をしていると察してきた雛は一応渋ったが、すぐに肩を落とした。

「わかったよ。ここは信じたげる」

「ありがとう。でも、折れ骸が出るのは本当だからね。無茶なことだけはしないように」

「はいはい」

念押しする獣飼いに適当に返し、雛は平治に歩み寄る。

「ってわけで平治さん。俺は雛。俺が一緒に折れ骸のこと捜しに行くことになったから」

「ああ、そうなんだね、よろしく。君は獣飼いさんのお弟子さんかな？」

「えっ、うーん……」

ちらりと獣飼いをうかがうと、「それでいこう」とでも言いたげに頷《うなず》いていた。雛は無言でこくりと頷き返す。

「そう！　そんな感じ！」

「へえ、獣飼いさんのお弟子さんは一人だと思っていたけれど、君もいたんだね」

その時、強烈な視線を感じ、雛は視線を下に向ける。そこには破裂しそうなほど頬を膨らませて拗ねる琴葉の姿があった。

「あはは、うん、まぁ……」

話しながら雛は平治の手を取り、離れを出て行こうとする。そこに追いついてきた琴葉が、雛のすねを蹴りつけてきた。

「いって……！」

小さく悲鳴を上げて見下ろすと、案の定琴葉は嫉妬もあらわに雛をにらみつけてきていた。雛は小声で琴葉に謝罪する。

「ごめんって。そうだよな、獣飼いさんの弟子はお前だよな」

「………」

「いった！　無言で蹴るなって……！」

どうやら琴葉は自分が獣飼いの弟子であることをかなり誇りに思っているようだ。咄嗟《とっさ》につい出た嘘《うそ》だったが、かなり彼の機嫌を損ねてしまったらしい。

でも、発案は当の獣飼いさんだし……。

悶々《もんもん》としながら、雛は平治をともなって屋敷《やしき》の外に出る。すると、なぜか琴葉も雛を追い越すようにして外に出てきた。

「あれ？　琴葉も行くのか？」

「そんなわけないでしょ。僕は先生の弟子としての！　仕事があるんだよ！」

「あーうん、ごめんって」

「僕はこれから『根の国』の外に、骨獣用の籠の材料を取りに行くの！　邪魔しないでよね！」

そう言い捨てると、琴葉は足音荒く歩き去ってしまった。

「……弟子同士なのに仲が悪いのか？」

「あはは……俺のほうが新入りなんで、ちょっと……」

笑いながらごまかし、雛も平治とともに歩き出す。一緒に歩く彼の足取りは盲目だというのもあるのだろうが、どこかおぼつかない。もしかしたら――骨組堂で渚が言っていた、壊れてしまう日が近いというのはこういうことなのかもしれない。

「平治さんはその……捜してる女性がいるんだよな」

「ああ。俺の幼なじみで、名前は里っていうんだ。俺の暮らしてた村の長者の娘でな。俺とは許嫁《いいなずけ》の関係だった」

「へえ、いいなずけって……確か将来結婚するってことだっけ」

「ああ。だが俺は結婚前に病に倒れて、目が見えなくなっちまったんだ。それでも里は欠かさず見舞いに来てくれていたらしい。……結局、俺のほうが先に死んじまったけど、死ぬ前に『次に会えたら、その時は今度こそ連れ添おう』って伝えてもらったのさ」

「だから里さんが来るのをここで待ってるってことかあ」

「ああ、そういうことだ」

雛は納得するのと同時に、かすかな違和感を覚えていた。

なんだろう。これって言葉通りに受け取ってもいいのかな……。

違和感の正体は分からないまま、雛は重ねて尋ねる。

「その骨獣を集めてる折れ骸って特徴とか分かってるの？」

「うーん、正確な話じゃないんだが……」

平治は剃《そ》り残したひげのある顎を撫《な》でながら答える。

「……体が半分溶けた巨大な獣らしい」

その瞬間、雛の脳裏をよぎったのは、桐子とともに襲われたあの折れ骸だった。

「あいつか……！」

「知ってるのか！」

思わず声を上げた雛に、平治は嬉《うれ》しそうな声色で詰め寄る。

「教えてくれ！　その折れ骸は一体どこにいるんだ？　早く連れていってほしい！」

「ええ──……」

大声で言いつのる平治と、たじたじになる雛。通行人はそんな二人を怪訝《けげん》な目で眺めている。

まずい。町の奴には俺が獣飼いさんの弟子じゃないって知られてる……！

「こっちだよこっち！　連れてく連れてく！」

雛は平治の手を握ると、人気のない方向へと歩き始めた。

「いやあ、助かったよ。俺一人じゃ手がかりもなくてな」

「あー。あはは……」

騙《だま》している罪悪感と焦りにさいなまれながら、必死に雛は考える。

困った。折れ骸の居場所に心当たりなんてあるわけないし、このままじゃ町の人の反応で嘘がバレるのも時間の問題だ。こうなったら正攻法でいくしか……！

「平治さんはさ、生きてたころの記憶で思い出せないことってある？」

「俺が失っている骨のことか？　俺はまだ黄泉に逝く気はないんだが……。心当たりはないかな。特に里のことはしっかりと覚えているし」

「そ、そっか……」

当てが外れて雛は考え込む。心当たりがないということは、忘れている自覚がないということだろう。間違いなく里さん絡みの記憶だとは思うけど……。

うーんと首をひねる。

何か見落としている気がする。平治から見ると、思い出せないことはないらしい。だったらもしかして、何かを勘違いして認識してるとか……？

『俺は結婚前に病に倒れて、目が見えなくなっちまったんだ。それでも里は欠かさず見舞いに来てくれていたらしい』

彼の発言を思い出し、雛は立ち止まる。かすかな違和感の正体に、気づいてしまった。

「なあ、平治さん」

「うん？」

「あんた、病気になって目が見えなくなったんだよな。どうやって里さんがお見舞いに来たってわかったんだ？」

「ああ、そんなことか。家の連中が毎回教えてくれたんだよ。今日も里が来てくれたよってな」

その瞬間、雛の脳裏をよぎったのは残酷な想像だった。だけど、それを否定するには材料がそろいすぎている。

雛は平治の様子をうかがう。

もしこの推測が当たっていたら、彼はひどく傷つくことになるだろう。今にも増して自分の骨を取り戻したくないと言うかもしれない。こうして勘違いさせたまま終わらせてあげるのも一つの幸せかもしれない。

でも——

『平治さんを早く黄泉《よみ》に送ってあげて！』

必死の形相で頼み込んできた渚のことを思い出す。彼女は平治が壊れてしまう前に黄泉の国に送ってほしいと望んでいる。世界の流れとしても、きっとこちらが正しいのだろう。

それに——もしこの推測が当たっていたら、いくら捜しても、里さんの骨が見つかるはずもない。

雛はどうしようもないジレンマに挟まれて思い悩んだ末に——キッと顔を上げて平治を見上げた。その目に宿っているのは強い決意だ。

「平治さん」

「何だ？」

「その里さんって本当に、平治さんのお見舞いに来てたのかな」

平治はぴたりと立ち止まる。

「どういう意味かな」

震える声で平治は尋ね返してくる。雛は俯《うつむ》いてしまいそうになるのを必死でこらえた。

聞いてしまった。もう冗談だとか、そういうごまかしはできない。最後まで追究するしかない。たとえこの真実が彼の心を抉《えぐ》るものだとしても。

雛は覚悟をもって、ほとんどにらみつけるように彼を見た。

「病気で寝込んでいるとき、平治さんが聞いたのは家族の人の言葉だけだ。実際に、里さんの声を聞いたわけじゃないんだよね」

「それは……」

「家族の人が、里さんがお見舞いに来たって嘘をつくこともできるよね」

残酷な追究に平治は言葉に詰まり、額に手を当てる。

「違う、そんなはず……！」

彼の足下がふらつき、見開かれた目は何も映さないままうろうろとさまよう。雛はそんな彼に、とどめの一言を口にすべく唇を開いた。

「本当は、里さんは──」

「やめて！」

鋭い制止の声。同時に走り込んできた渚が、平治を庇《かば》って雛の前に立つ。

「それ以上、言わないであげて」

ゆっくりと渚は雛に告げる。雛は言いかけた言葉を口の中だけで押しとどめた。

そうしているうちに平治は頭を抱えてへたりこんでしまっていた。

「俺は……」

「……行きましょう、平治さん。ほら、掴まって」

渚は彼に肩を貸し、立ち上がる。そのままふらふらと二人が去っていくのを雛は見送ることしかできなかった。

それからどれぐらいそこに立ち尽くしていたのか。時折、通りがかる人形たちから胡乱《うろん》な目を向けられながら、雛は自然と俯いていた。

どこかに行こうにも後悔ばかりが募って、体が重い。

言うべきじゃなかったのか。きっと、言うべきじゃなかったんだろう。

たとえそれしか事態を前に進ませる方法がなくても、あれは相手の心を踏み荒らす酷《ひど》い言葉だった。

相手の気持ちに寄り添う。獣飼いのところで再確認したはずのその言葉を、早速裏切ってしまった。

真実を彼に伝える。それしかないと思った。でも、それしかないなんてただの言い訳だ。自分はもっと考えて、もっと良い方法を探すこともできたかもしれないのに。

ふらふらと立ち去る平治の後ろ姿を思い出す。あふれ出る後悔に押しつぶされそうになりながら、雛は肩を落とした。

そんな雛の隣に、人影が音もなく立ったのはその時だった。

「失敗したのか」

淡々とした言葉。顔を上げると、いつも通りの仏頂面で形代がこちらを見下ろしていた。

「別に期待していない」

「……はあ？」

振ってきた冷たい言葉に条件反射で反発しそうになり、すぐ思い直す。

待て。こいつは勘違いされやすい男だ。今までの言動だって俺のことを思いやってのことも多かったじゃないか。

一拍おいて考え込み、思い至った仮説を雛は口にする。

「もしかして……期待してないから、あんまり落ち込むなって言おうとした？」

「そうだが」

しれっと肯定する形代に雛は頭痛を堪《こら》える。同時に、獣飼いへの畏敬の念が湧いてきた。

「この形代サマとあの継喪の世話してたとか、獣飼いさんってすげーな」

「獣飼いのほうが弟子だが」

「要介護《ヨーカイゴ》なんだよあんたらのメンタルは」

横文字を出したからか、形代は何を言われたのか分からない顔をして黙り込む。どこか間抜けなその顔を見ているうちに、沈んでいた気持ちがだんだんと持ち直してくるのを感じた。

よし、と雛は気合いを入れると形代に向き直る。

「形代サマはどうしてここにいんの？　平治さんの骨獣捜してたんじゃないっけ」

「骨獣は見つけた。一部だが」

言いながら形代は手のひらを差し出す。そこには人の指よりも細い骨が数本だけ載せられていた。

「……鳥の骨？」

「鳩《はと》だった。撃ち落とそうとしたが逃げられた」

「な、何やってんの⁉」

「協力的でない骨獣にはそうする。最終的に全て骨がそろえば問題ない」

「ば、バイオレンスだなー……」

また横文字のせいか形代は首をかしげる。無表情なのも相まってカラスか何かに不思議そうに首をかしげられているような気分になった。雛はその想像を打ち消し、話を進める。

「それで、撃ち落とそうとしてたけど、欠片《かけら》だけ落として鳩は逃げちゃったと」

「そうだ」

「ふーん……」

形代の手から骨をつまみ上げ、しげしげと眺める。

これが平治の骨なら、ここに秘められた未練に真実が隠されているのだろう。

雛はごくりと唾を飲み込むと、骨へと意識を集中させた。先ほど獣飼いのところでやっと感覚をなぞるように目を細める。ぼんやりと、平治を見た時と同じ色の光が見えてきた。

そのまま集中を続けると、チカッと目が眩《くら》むほどまぶしい光が走り、雛の意識は光の中に引きずり込まれた。

＊

真っ暗な世界。時々聞こえてくる生活音。

自分は仰向けで寝かされているようだ。

目は閉じられ、身動きもしていなかったが、意識ははっきりとしている。

遠くから、聞こえてきた囁《ささや》き声。

「いつまで平治さんに嘘《うそ》をつくつもりだ？」

「どうせ長くないんだ。最後まで夢を見させてあげてもいいじゃないか」

「だからって、許嫁《いいなずけ》が見舞いに来てくれてるなんて嘘、残酷すぎるだろう」

「確かにな……。彼女から言づてがないか、毎度聞かれる身にもなってほしいもんだ」

ぼそぼそと声を潜めて彼らは囁きあう。

目を閉じている自分には聞こえていないと思っているのだろう。

だけど、その内容を自分はしっかりと聞いてしまっていた。

＊

何度もまばたきをしながら、雛は現実に戻ってくる。

そして、自分の推測が的中していたことを悟り、大きくため息をついた。

形代はそんな雛を視線だけを動かして見下ろした。

「いや……推測が当たっちゃって、やるせないなって」

「どうした」

やはり平治の病床に里が来ていたというのは家族たちの優しい嘘だった。里がどうして見舞いに来なかったのかはわからないが、それを知ってしまった生前の平治はどんな気持ちだっただろう。

まるで自分が彼本人であるかのような憂鬱に襲われ、雛はもう一度息を吐く。

形代は表情を変えないままそれを見ていたが、雛の手から骨獣の欠片を回収しながら淡々と口を動かした。

「お前が気にすることではない」

「気にするよ。俺だって今は形代サマの……雑用係なんだし。ちょっとくらい骨拾いの手伝いしてやってもいいかなって思ってたとこだし……」

ぶつぶつと言いながら雛はその場にしゃがみこんでうなだれる。

「形代リマはさ、平治さんの残りの骨を見つけたらどうすんの？」

「その男のもとに戻して、黄泉《よみ》に送る」

「平治さんはそれを望んでないのに？」

「それが骨拾いの役割だ」

平然と答え、形代は懐から小さな巾着を取り出した。そこからつまみ出されたのは白い小石のようなもの——骨の欠片だ。形代はそのままそれを口に運ぼうとする。

「……それが、黄泉に逝けなかった奴の骨ってやつ？」

「そうだ」

「食べたらパワーアップするってほんと？」

横文字を理解できず、カラスのような仕草で首をかしげる形代。雛は言い直した。

「骨を食べたら強くなるってことでいいの？」

「おおむねその理解で合っている」

答えながら形代は骨の欠片を口に含む。ごくりと喉が動き、それを飲み下した瞬間、雛の目には形代の体から無数の光の色がにじみ出たように見えた。

一番強いのは鮮やかな赤色だ。それを補完するように細かな光の粒が形代の体のいたるところで輝いている。

きっと鮮やかな赤色が形代の持つ本来の色なのだろう。だとすると他の色は、彼が元々持っていないもの——今まで食べてきた骨の色なのだろうか。

そのあまりの色の多さに今までどれだけの骨を食べてきたのかを察し、雛は胃の辺りに重く暗い気持ちが溜《た》まるのを感じていた。

やがて光は収まり、形代は手の上に載せていた平治の欠片を目の前に持ち上げた。

「……残りの骨を追うの？」

「そうだ」

言葉少なにそう答えると、形代は欠片をしまい込み、いずこかへと歩き去ろうとした。

雛はそのままその背中を見送りかけ――ぐっと自分に気合いを入れて立ち上がった。

「あ、あのさ！」

大声で呼びかけると形代は立ち止まった。振り向かないままの彼の背中に雛は言葉を続ける。

「俺、どうすればいいかまだわからないけど、無理やり送るよりもっと良い方法を探ってみたいんだ。だから……」

そこまで言って、徐々に雛の声は小さくなっていく。希望も可能性も見当たらない現状に、せっかく入れた気合いが負けそうになる。

「だから、さ……」

ぽつりともう一度繰り返し、雛は俯《うつむ》く。

また浅はかな発言で人を傷つけてしまうかもしれない。単純な判断で間違ってしまうかもしれない。その恐ろしさが、知らず知らず雛の身をすくませる。

形代は数度まばたきをすると、振り向かないまま言った。

「好きにしろ」

聞いた感じでは突き放すだけの言葉だ。だけど、そこに含まれたほんの少しの鼓舞を受け取り、雛は顔を上げる。

「おう、好きにする！」

雛の言葉を聞き届け、形代は歩き出す。その背が見えなくなるまで見送った後、雛はよし、と気合いを入れ直した。

「とはいえ何から手をつけるかな……」

自分にできることといえば、骨獣の持つ光を視分《みわ》けることぐらいだ。形代サマのように居場所を捜すあてがあるわけではない。

でも自分が取れる方法は限られているのだから、まずはそれをやってみるか。

雛は周囲を見回し、一番高い建物を探し始めた。

光を視分けるしかできないのなら、まずは見晴らしのいいところでそれらしきものを捜すしかない。だが、どうやらこのあたりの建物は全体的に背が低いようだ。地形にも高低差はなく、高台と呼べるところは少なくとも近くにはなさそうだ。

となると、高い場所と言えば民家や商店の屋根の上だが――

雛は歩きながら周囲の人形の様子をうかがう。皆、どこかで自分が形代サマの関係者であると知ったのか、彼らの視線はどこかよそよそしい。これでは屋根に登らせてくれと頼むのは難しいだろう。

「こんな目向けられて、よく耐えられるよなあの二人……」

形代は正直あまり気にしていなそうだが、継喪は間違いなく苛立《いらだ》っているだろう。思い返せば彼がそういう苛立ちを込めた態度を人形たちに取っていることが多かったことに気づき、問題の根の深さに雛は改めて嘆息する。

この件に関しては、どう考えても継喪は悪くないんだよなあ。悪いところといえば性根と性格ぐらいだし。

しかし、高いところも駄目となると、さらに別の方法を考える必要がありそうだ。そうなるとやっぱり、まずは本人たちに聞いてみるのが――

その時、雛は道の先に当の本人――渚が立っているのに気がついた。井戸に水を汲《く》みに行っていたのか、彼女は水の入った桶《おけ》を手にしている。

「渚さん！」

名を呼んで駆け寄ると、渚は一度目を丸くした後、気まずそうに顔をそらした。そして、そのまま歩き去ろうとする彼女の前に飛び出て、雛は行く手を塞ぐ。

「話があるんだ！　聞いてくれよ！」

「……なんですか、平治さんのことならもう放っておいてください」

渚は雛の横をすり抜けて、なおも立ち去ろうとする。雛はその背中に真剣な声色で言葉を投げかけた。

「俺は、あんたがどうしたいか聞きたいんだ」

雛の一言に渚は足を止める。

「……私が？」

「そうだよ。あんたは平治さんを黄泉に送ってほしいって言った。彼が望んでなくてもやってほしいって。その気持ちは今でも変わってないか？」

ゆっくりと、誤解やごまかしが生まれないように雛は語りかける。渚は背を向けたまま口を開いた。

「分からないのよ。私もう、どうしたらいいのか」

雛は静かに彼女に追いつくと、そっと彼女の顔を見上げた。

「俺、話してほしいんだ。渚さんが何を思って、何を考えて、何を迷っているのか。俺はまずそれを知りたいんだ」

一言一言大切に言葉にしながら、脳裏に反面教師の二人の顔が浮かぶ。あの二人にできなくて俺にできることがあるとすれば、きっとこういうことだ。まだ二人がやっていないのなら、試してみる価値はある。

雛の静かな説得に渚は沈黙していた。

だけど、揺らいでいないわけではない。その証拠に、何かを言いかけるように唇は何度も震え、目にも迷いが浮かんでいる。

そんな彼女を、雛はただ静かに待っていた。

風が吹く。静かになった空間に小鳥がやってきて、足下で遊び始める。渚は涙をこらえるように遠くをじっと見つめたまま考え抜き、やがて深く息を吐くように切り出した。

「形代さまにうかがったわ。平治さんが待っている女性が、本当は見舞いにすら来ていなかったって。多分、死後の契りのことも伝わっていないんだって」

「……うん」

「私、もう平治さんにこれ以上傷ついてほしくない。でも……このまま過去から逃げ続けた先には、魂の消失しか待っていない。だから、本当は黄泉の国に向かってほしいの。そうしないと、何も残せないまま、魂が壊れてしまうだけだから」

ぽつりぽつりと紡がれる渚の言葉を雛は正面から受け止めて、向き合う。そこに込められた思いをゆっくりと噛《か》みしめ、我ながら決して賢いとは言えない脳で消化する。

その末に、雛は口を開いた。

「黄泉の国ってさ、どんなとこなのかな」

「えっ……そうね、あまり考えたことはなかったけれど……」

意表を突かれた顔をして渚は考え込む。そして、ゆっくりと思考を巡らせ、穏やかな表情になった。

「きっと悲しい場所ではないわ。うん、きっとそう」

「……どうしてそう思うの？」

雛は静かに続きを促す。渚は自分を恥じるように目を伏せた。

「形代さまたちに、ひどいことを言ってしまった私が話すことじゃないかもしれないけど……形代さまと継喪さまが最初に私を組み立ててくださった時に言っていたの。私たちが取りこぼした骨は、悲しいけれど愛《いと》しくて大切な記憶なんだって。それを取り戻して、安穏たる場所に向かうのが、骨組人形のなすべきことだって」

雛は場違いにも「アンノン」とは何だろうと思ったが、何も言わなかった。ここで口を挟まないだけの分別は雛にもある。

彼の沈黙に促されるように、渚はさらに言葉を続ける。

「私たち、本当はわかっているのよ。自分のなくした記憶のことを思うと、胸の奥が苦しくなって、切なくなって、とても恋しい気持ちになるの。今はなくしているそれを取り戻さないと、私の生きた意味は完成しないんだって」

「生きた意味？」

「ええ。結局のところ、私たちは死者のなれの果てよ。私の人生はとうの昔に終わっているし、そこで得た喜びも過去のもの。取り返しがつかない」

自嘲するように渚は言う。

「あとは、それにどう向き合うか、でしかないのよね」

「……渚さんは向き合いたくないって思ってる？」

「そうね……。いいえ、少しだけ向き合いたいって思えてきたかも」

穏やかに首を横に振った渚に、雛は目を見張る。渚はそんな雛に笑いかけた。

「もう終わってしまった私の人生だもの。自分が認めてあげないと、生きてた頃の自分が可哀想《かわいそう》だわ」

憑《つ》き物が落ちたように笑う渚に、雛はほっと胸をなで下ろす。

よかった。今度はうまくいったみたいだ。

密《ひそ》かに安堵《あんど》する雛をよそに、渚は強い眼差《まなざ》しで顔を上げた。

「私、平治さんを説得してみる。自分が生きた自分の人生と、どうか向き合ってほしいって」

「……うん、それがいいよ」

「あなたはどうする？　一緒に来る？」

渚に差し出された手を見て、雛は少し迷った後、首を横に振った。

「ううん。きっと平治さんには渚さんの言葉のほうが届くから」

「……そうね。本当にありがとう」

正面からお礼を言われ、雛はごまかすように、にひひと笑う。そして、そこでハッと気づいて立ち去りかけていた渚に声をかけた。

「あの！　もし知ってたらなんだけど、この辺りで見晴らしがいいところってない？　そこから骨獣を捜してみたくて……。いや、形代サマもちゃんと捜してるんだけど、できれば俺が平治さんに引き合わせてあげたくて……」

堂々としていた今までとは打って変わってあたふたと言う雛に、思わずといった様子で渚は笑い、道の先を指さした。

「それなら長屋街の向こうに火の見やぐらがあるわ。特に登るなって決まりはないから、誰でも登れるはずよ」

「そっか！　ありがとう、渚さん！」

雛はパッと笑顔になると、そちらに向かって駆け出した。その背に渚は声を張り上げる。

「待ってて！　もし平治さんを説得できたら私も行くわ！」

「うん！　こっちは任せといて！」

足取り軽く雛は駆けていく。一人でやり遂げたのだという達成感が、自然と表情ににじみ出る。

骨獣の足取りについては全く進展がないが、それでもなんとかなる気がしてきた。

平治さんと渚さんが前を向けるのなら、きっともう大丈夫。

そんな確信を抱きながら、雛は火の見やぐらにたどりつく。教えられた通り、やぐらを登ろうとしても止めてくる人はいなかった。

はしごを掴《つか》み、上を見る。高さは七メートルぐらいだろうか。やぐらは木組みで体重を預けるには少々頼りない。

雛は何度もはしごを握って強度を確かめると、勇気を振り絞って一段目に足をかけた。

一段、段上るたびに、当たり前だが地面が遠ざかっていく。高度が上がるほどふきつけてくる風も強くなるし、手も足も震えている。

「下を見ないように……見ないように……」

ぶつぶつと呪文のように唱えながら、さらに一段上る。頂上まではあと数段だ。

しかし、その瞬間、ちらりと雛は下を見てしまった。

遥《はる》か遠くにある地面。頼りない足場。手足の震えが一気に増し、雛はもう一歩も動けなくなる。

どうしよう。登るんじゃなかった。こんなの頂上まで登っても、どうやって降りれば……。

その時――雛は背中にくくりつけた両親の人形がぐらりと傾くのを感じた。

まずい。このままでは落としてしまう。

考えるよりも先に体が動き、雛ははしごを大きくゆらしながらも、慌てて最後の段まで上りきる。そして、そこで腰が抜けたようにへたりこんだ。

全力疾走をした後のようにぜえぜえと荒い息をしながら、雛は背中の人形を確かめる。

どこも壊れていないし、落としてもいない。

「よかった……」

安堵の息を吐いて、雛は空を見上げる。突き抜けるように晴れた空は、地上からよりも随分と近くに見えた。

火の見やぐらの頂上は、手すりが四方についた足場になっていた。雛は両親の人形を守るように抱きしめながら、そっと立ち上がる。そうして改めてやぐらから見渡すと、目の前に広がっていたのはどこまでも続いているようにも見える根の国の町並みだった。

骨組堂のあるこの辺りは背の低い木造の建物ばかりだが、さらに奥にはここよりも時代が下った新しそうな建物が見える。

さすがにコンクリートのビルまではなさそうだったが、あの辺りなら比較的現代に近い風景もあるのかもしれない。

「……あっちの方に、最近死んだ奴らは住んでるのかな」

ぐるりと見回すと、新しい町並みとはちょうど逆方向に、根の国の入口が見えた。巨大な根の股であるそこを起点に、奥にいくにつれ町は徐々に新しく、小綺麗《こぎれい》になっている。

「新しい魂が来るたびに、どんどん奥に増やしてるってことか……？」

もしそうだとすると、いつか限界が来たりはしないのだろうか。

黄泉《よみ》に逝きたがらない人形は増え続け、根の国の人口は膨らむばかり。

本来、黄泉の国に逝くはずの魂がこれほど停滞しているのだから、継喪があれほど苛立《いらだ》っているのも理解できる。形代サマはどう思っているのか分からないが。

大丈夫なのかな、根の国って。

そんな考えても仕方のないことを思いながら、雛はしばらく風に髪を遊ばせる。

そして、ばさばさとけたたましい羽ばたきの音とともに目の前を通り過ぎた鳥の群れに、ハッと正気を取り戻した。

しまった。こんなことをしている場合じゃない。

手すりにもたれかかっていた腕を離し、大きく深呼吸する。

やれるか分からないが、やってみるしかない。

目に力を込め、雛は町を見る。じっと凝視するごとに、足下から聞こえていたはずの喧《けん》噪《そう》は遠ざかり、その代わりに道行く人々にほのかな光が灯《とも》り始める。

平治さんの色は確か黄色だ。色合いは記憶している。

色が浮かび上がった視界のまま、雛は首を巡らせる。どこかにいるはずだ。きっと小さな光だろうけれど。

雛はもう一度深呼吸をしてさらに集中する。同じ色の光が見つからないばかりか、他の骨獣らしき姿も見えない。照りつけてくる太陽に、魂の光がかすんでしまいそうだ。汗が一滴垂れる。それを拭うために一度目を伏せ、もう一度強い眼《まな》差《ざ》しを雛は町に向ける。

頼む。見つかってくれ。俺は、平治さんに無事に黄泉に逝ってほしいんだ。

シンプルな願いを強く念じ――それから、雛は少し考え直す。

自分は平治さんを説得できるのは渚さんだけだと思った。彼女はきっと、彼のことを近くで見てきた人だから。

終わり方は変えられると獣飼いさんは言った。俺は、本当は終わり方以外も変えたいけれど……獣飼いさんの言っていることは真実だと思う。

平治さんの魂が壊れてしまうにしろ、黄泉に逝くにしろ、終わるという事実は変えられない。でも、間違いなく終わり方は変えられる。

雛は改めて強く念じる。

俺は、彼にとって納得できる終わり方を、彼に示したいんだ。

その時——軽い羽音とともに一羽の鳥の影が雛の視界に入った。

骨でできた体。纏《まと》うのは黄色の光。

——あいつだ！

「そこの骨獣！」

声を張り上げると、鳩《はと》の群れに交ざっていた骨獣はその場で羽ばたいて振り向いた。

雛は視界を維持しながら、しっかりと骨獣に向き直る。

落ち着け。最初に会った時、そして桐子の時、形代サマはどうやっていた？

雛は深く息を吸い込むと、視界の集中を切らさないようにしながら骨獣に手を差し出す。

「こっちに来てくれ」

骨獣は動かなかった。でも、確実に言葉は届いている。雛はさらに腕を伸ばした。

「俺は、平治さんにこのままただ壊れてほしくないんだ。そんな終わり方、嫌なんだ。お前が平治さんのところに戻っても、悲しい記憶しかないかもしれないけれど……。それでも、まだ諦めたくないんだ」

言葉を飾らずにまっすぐ伝える。骨だけでできた骨獣には目はなかったが、その眼差しは確実に雛を見つめていた。

雛は息を吸い込んで、言葉として吐き出す。

「こっちに来てくれ。一緒に、納得できる終わり方を考えよう」

静かに、告げる。

雛と骨獣の視線が交錯する。

風が吹き付け、二者の間を通り過ぎる。

やがて、骨獣は少しずつ雛に近づき――

「ガアアアア！」

突然響いた咆哮《ほうこう》に、雛は驚いて手すりに掴まる。藍色の強い光が足下から吹き上がる。大きな獣の影が屋根伝いに飛び上がり、雛の目の前まで来ていた骨獣に喰《く》いかかる。

その獣──飛びかかってきた折れ骸の魔の手から骨獣を守ろうと、雛は身を乗り出す。

「危ない！」

雛の手に骨獣が触れ、掴み取る。

ばきり、と手元の手すりがあっさりした音を立てて折れる。

体のバランスが崩れる。

「あ……」

全身が宙に投げ出される。

重力が体を下方へと引きずり込む。

間抜けな声しか上げられないまま、目を見開いて雛は落ちていく。

飛びかかったままの姿勢の折れ骸と、逆さまになった雛の目が合う。


──黄色。

＊

＊

春の匂い。

病に倒れてすぐの出来事。

遠くで聞こえる家族の声。

「里さんも同じ病に倒れられるとは……」

「平治さんに言えるわけがない」

自分は聞こえていた。

自分は知っていた。

もう、愛する人がこの世にいないことを。

＊

——藍色。

＊

人形たちの目。
倒れている形代。
その体はいたるところが砕け、ぴくりとも動かない。
自分の腕を破壊して、形代に食べさせる獣飼い。
高まる人形たちのざわめき。
全てが終わった後、やってきた継喪。
憎悪。焦燥。絶望。落胆。
「何故《なぜ》──」
それを言ったのは、誰だったのか。

＊

──暗い、紫色。

＊

ひどく痩せた少年が立っている。

自分を見送っている。

「若旦那様」

悲しみを押し殺した声。

深く下げられる頭。

「お帰りをお待ちしております」

それに自分はどう返したのか。

両親に手を引かれ立ち去っていく自分。遠ざかっていく彼の顔。

「[redacted]は、いつまでもお待ちしております！」

顔がにじむ。名前がにじむ。

それが誰だったのか、どうしても思い出せない。

＊

はっと意識を取り戻すと、雛は形代の腕に抱き留められていた。人形と骨獣はちょこんと自分の胸の上に載っている。

何が起きたのか理解が追いつかない。折れ骸が襲ってきて、やぐらから落ちて、それで――？

仰向けに抱かれたままの姿勢で形代の顔を見上げる。形代は常よりも剣呑《けんのん》な表情で何かをにらみつけていた。

そちらに目を向ける。形代の目の前にはもがき苦しむ折れ骸の姿があった。腐肉をまき散らしながら暴れ回り、だけどこちらを襲ってくる様子はない。それはまるで、折れ骸が自分を傷つけようとしているようにも見えた。

「……引導を、渡すべきか」

ぽつりと呟《つぶや》かれた言葉。同時に、形代の顔が見たことがないほど悲痛に歪《ゆが》む。

一際大きな、折れ骸の咆哮。

バキバキと折れ骸の体は崩れ、一匹の小さな獣の姿となってどこかへと逃げていく。前足を引きずっているその後ろ姿に、雛は見覚えがあった。

「……あの狸《たぬき》？」

心当たりをぽつりと雛は口にする。しかし同時に、形代が腕の力を抜き、雛は重力に従って地面に落下した。

どさっと音を立てて土だらけの地面に盛大に尻餅をつく形になった雛は、反射的に形代に声を張り上げる。

「いってーな、何しやがる！」

「下ろしてやった」

「だからもうちょっと相手のことを考えた下ろし方をだな！」

形代はとぼけた様子で首をかしげる。雛ははたと気づき額を押さえた。

「お前、もしかして今のわざと？」

「わざととは」

「俺にごまかしたいことがあるから、俺を怒らせようとしたとか」

形代は目をそらした。どうやら嘘《うそ》は下手のようだ。

「ったく……今のこと、あとでちゃんと説明してもらうからな！」

「俺たちの話だ。お前が気にすることではない」

「俺が気にするの！　まったくお前ら二人はさあ！」

文句を言いつつ雛は立ち上がる。腕の中には人形と骨獣をしっかりと抱きしめたままだ。

形代はそれを認め、目を細めた。

「本当に骨獣を捕まえたのか」

「そうだよ。俺だってやればできるんだからな」

「それはお前の仕事ではない」

「くどいな本当にお前はさあ！」

全身を使って腹を立てていることを表現する雛と、心なしか困った様子の形代。

そんな二人に慌てて近づいてくる人影があった。

「形代さま！　雛くん！」

「渚さん！」

やってきたのは渚一人だった。おそらく、平治をまだ説得できていないのだろう。

駆け寄ってきた渚は半壊している火の見やぐらに気づくと、焦った様子で雛の体を確認しはじめた。

「まさかあそこから落ちたの!?　大丈夫？　怪我《けが》はない!?」

心の底から心配しているという様子で言葉をかけられ、雛はむずがゆくなってにひひと笑う。

「ありがと。でも形代サマに受け止めてもらったから大丈夫」

「本当に？　ごめんなさい、私が火の見やぐらがあるなんて言ったから……」

まるで骨組堂に来た直後のような猛烈な勢いで、渚は雛の怪我を確認する。そんな彼女の頭上から形代は声をかけた。

「女」

「えっ、あ、私のことですか……？」

「雛が骨獣を捕らえた」

言いながら形代は雛の腕の中を示す。雛は誇らしげに骨獣を差し出した。

「これが……平治さんの骨」

「うん。できれば渚さんに受け取ってもらいたいんだ」

考えた末に出した答えを、雛は告げる。渚は瞠目《どうもく》した。

「私に？　でも、すぐに平治さんに返すんじゃ……」

ちらりと渚は形代を見る。雛は覗《のぞ》き込むように形代をにらみつけた。

「俺の方が先に見つけたんだからな。文句は言わせないぞ」

形代は視線だけを動かして雛を見る。見つめられているのかにらまれているのか判別しがたい目だ。譲る気はないと表情で語りながらその眼差《まなざ》しを受け止めていると、不意に形代は雛から目をそらした。

雛は破顔して、渚に向き直る。

「いいってさ！　はい、受け取ってくれ」

「ええ、でも……」

なおもためらう渚の腕に、雛はそっと骨獣を抱かせる。骨獣は大人しく彼女を見上げて首をかしげていた。

「平治さんのことは絶対渚さんの方が詳しいからさ。こいつは渡すから、あとは二人で話し合って決めてほしいんだ」

「話し合って……？」

「うん。みんなが納得する終わり方なんてないかもしれないけどさ、お互いにお互いのことを考えて、寄り添って、なんていうの？　オトシドコロってやつを見つけるのもありなんじゃないかなって思ったんだけど……無責任かな？」

雛は小首をかしげてはにかむ。渚はそんな彼の笑顔を呆気《あっけ》にとられた顔で見た後、深く頭を下げた。

「ありがとう、雛くん。私と平治さんに、最後を考える時間をくれて」

「……うん。まあ、本当は？　黄泉《よみ》に逝ってほしいんだけどさ！」

おどけたように漏らした本音にくすくすと笑うと、渚はもう一度深く頭を下げて去っていった。

これでよかった、はずだ。

どう転ぼうともきっと、後悔のない終わり方になると思うから。

雛は彼女の姿が見えなくなるまで見送ると、「さてと」と声を上げて形代をにらみつけた。

「形代サマよお、俺に隠してること今度こそ洗いざらい——」

「お前は、俺の跡を継ぐのか」

唐突で端的な問い。

意表を突かれた雛は思わず口ごもり、つっかえながらなんとか答えを返す。

「跡継ぎって……次の骨拾いになるってこと？」

「そうだ」

「……いや、そこまではまだ考えていないというか、そもそも現世に戻ることも考えてるというか」

ぼそぼそと早口で言いながら、雛は自分を思い返す。

でも、自分に現世に戻る理由はあるのか？

両親はもういないし、それ以外に家族と呼べる人はいない。親しい友人の顔も浮かばない。一族の奴らにもあまりいい感情を持たれていなかった気がする。そんな自分を待っている人なんて――

『お帰りをお待ちしております』

『[redacted]は、いつまでもお待ちしております！』

「……あ」

ぽかんと口を開き、雛は思い至る。

そうだ。さっき、光と一緒に見えたあの少年。

あれは俺の記憶だ。俺のことを待っている、あの子の記憶だ。

「俺、帰らなきゃ」

心の中に湧き出てきた感情のままに、雛は口を動かす。

次の瞬間――雛は形代の腕に抱えられていた。

4

「えっ、な、何するんだよ！」

「お前を逃がす」

「え⁉」

「継喪《つぐも》に、気取られる前に」

言うが早いか、形代《かたしろ》は雛《ひな》を抱えていずこかへと駆け出した。

地面を蹴り、振り向く人形たちの目も気にせず、一直線にどこかに向かっていく。

雛は抱えられたまま、手足を暴れさせた。

「なんだよいきなり！　逃がすって何⁉」

「逝くか返るかと尋ねた。お前は、返ることを望んだ」

いつも以上にわかりにくく伝わりづらい話し方だが、幸運にも雛は心当たりに思い至る。

逝くか、返るか。

黄泉の国に逝くか、現世に生き返るか。

出会ってすぐからずっと彼に尋ねられてきたことだ。

てっきり現世に戻ることを迷ってる俺のことを思っての言葉だと思ってたけど――まさか自分は、早く逃げないといけない状況にいたってことなんじゃ……。

「逃げるってなんでだよ！　継喪が何か関係してるのか!?」

大声でわめきながら雛は手足を動かす。形代はわずかに煩わしそうな顔をしたが、そのまま走り続ける。

やがて人形たちの奇異の目を振り切り、形代は『根《ね》の国《くに》』の入口である木の股へと飛び込んだ。文字通り、世界が変わったかのような奇妙な感覚の後、雛と形代は黄泉平良坂《よもつひらさか》へと吐き出される。

その衝撃でたたらを踏んだ形代の隙をついて、雛は彼の腕から逃れて距離を取った。

「お前、ほんと突然さあ……！」

雛のその反応に拒絶されたと感じたのか、形代は心底理解できないという顔をした。

「なぜ拒む。ここにいてはいけない」

「だから説明しろよ！　なんで俺が逃げなきゃいけないんだ！」

言っても聞いてもらえない苛立《いらだ》ちを込め、雛は叫ぶ。その反響は巨木の森へと吸い込まれていく。

　形代はなおも雛を捕まえてこの場を去ろうとしているようだが、雛はそれに対抗すべく身構えながら声を張り上げた。

「話してくれないなら、俺は『根の国』に戻るからな！」

　巨木の幹に手をかけながらの言葉に、形代はらしくもなくひどく動揺した目をすると、雛を捕らえようとしていた腕を下ろした。

「継喪は……お前を俺の代わりにしようとしている」

　ぽつりと言われた言葉に雛は瞠目する。

「それって、俺を次の骨拾いにしようとしてるってことだよな」

　なんだそんなことか、と雛は安堵《あんど》した。

　そんなの、嫌なら断ってしまえばいい。幸いにも継喪は俺のことをとても手がかかる面倒な奴だと思っていそうだし、きっと聞いてくれるだろう。そう結論づけると、雛は改めて形代に向き直った。

「まずは事情を話してくれ。継喪はどうして俺を跡継ぎにしようとして、なんでお前はそれを止めようとしてるんだ？」

　雛は率直に疑問を形代にぶつける。こいつにはこれぐらいはっきり言わないと通じない。そのことはこの二日間だけでも痛いほど思い知っていた。

形代は迷うようにゆっくりとまばたきをすると、ようやく口を開いた。

「あいつはこの黄泉平良坂そのものだ。この地を維持するために生まれた意思持つ泥人形。それが継喪という存在だ」

「……あいつは骨組人形じゃないってこと？」

「そうだ。あいつだけは、俺やお前のように現世から来たものではない」

形代にしては丁寧に補足する。もしかしたら、雛が形代と真っ正面から相対しようとしているように、形代もこちらに合わせようとしているのかもしれない。

それならまだ、話をする余地もきっとある。

密《ひそ》かに覚悟を決める雛に対し、形代は躊躇《ためら》うように沈黙すると、目をわずかに伏せた。

「継喪は、俺を疎んでいる」

「うとんで……って何？」

「嫌っているということだ」

形代の補足に内心感謝しながら、雛は言われた意味を咀嚼《そしゃく》する。

「嫌ってるって……確かにお前に対してはなんか無礼な態度だけど、嫌っているようには見えなかったぞ」

「だが事実だ。俺はあいつの目的を邪魔し続けているのだから」

「弟子の骨を食い、あいつをあのざまにしてから、俺は次の骨拾いを探すのを拒んできた。骨拾いが、どれだけ業の深い存在か思い知った」

聞いたことがないほど感情のこもった声を形代は吐き出す。それは怒りであり、絶望であり、諦めだった。

己の弟子であった――獣飼いの骨を食ったことへの。

「邪魔……？」

「だが、継喪はこの地の守護者だ。骨拾いを導き、今代の骨拾いが使い物にならなくなれば、次の骨拾いを見つけ、育てる。そうやって古くから存在してきた」

「形代サマの意思を無視して育てようとしてるってこと？」

「今までも継喪は、お前のように才のある者を見つけては育てようとした。本当はそれが正しい。あるべき姿だ。だが、俺はそれを邪魔し続けている」

憂いと罪悪感を瞳に宿し、形代は息を吐く。

「黄泉に逝けるものは黄泉に、返れるものは現世へ。……そうやって導いてきた」

「……今までに来た奴らも、今の俺みたいにこっそり逃がしてたってこと？」

「俺は、本来ならばとっくに壊れている人形だ」

唐突な形代の言葉に雛は動揺し、彼の体を見る。欠けているところは見られないし、平《へい》治《じ》のように動きにガタがきている様子もない。

「でも、そんな風には……」

「とうの昔に限界は迎えている。跡継ぎがいないから、仕方なく継喪は俺を直し、無理やり延命し続けている」

壊れているはずなのに直し続けている。その言葉に、雛は二人の会話を思い出す。

『おやおや、少し前は簡単にできていたと思いましたが。もしかして調子でも悪いので？』

『……お前が一番よく知っているはずだ』

『ええもちろん。あなたがいなくなっては困りますからね』

「あれってそういうことか……」

「きっといつか俺にも本当の限界が来る。あいつの手をもってしても直すこともできず、他者の骨を食って回復もできず、ただ消えるか、『折れ骸』となるか」

諦めに満ちた声で形代は言う。

獣飼いの言っていたことが雛の脳裏をよぎった。

彼は壊れかけた形代に骨を与え、魂を繋《つな》ぎ留めた。だが、それがどれだけ形代の心を傷つけたのか。弟子の未来を奪い、骨食いをしてまで生き続ける自分をどれだけ嫌悪しているのか。

自分は、全ての事情を知ったばかりだ。彼らと出会ったのだってつい数日前だ。

それでも分かってしまう途方もない悲しみと絶望に、雛は何も言えなくなる。

「次代を見つけない壊れかけの人形。継喪にとって、俺は邪魔者でしかない」

自嘲するように呟《つぶや》かれた言葉。形代にもこれが正しくないことは分かっているのだ。正しくなくても、譲れないだけで。

「あいつは焦っている。何が何でもお前を次の骨拾いにするつもりだ。そのために、出会い頭に名を名乗らせ、だまし討ちで黄泉竈食《よもつへぐい》をさせようとした。骨拾いの仕事も、無理やりに任せた。全て、お前をこの地に縛り付けるためだ」

雛は形代の振る舞いを思い出す。

名乗ろうとするのを止め、黄泉竈食を遮り、骨拾いの仕事から遠ざけようとした。

それは全部、俺のためだった。

どれだけ形代の善意に守られてきたのか思い知り、雛は胸中で感情が千々に乱れるのを感じていた。

感謝をすべきなのかもしれない。彼のおかげで自分にはまだ現世に戻るという選択肢が残されているのだから。

だけど、彼のことをここで肯定してしまっていいのか？　自分が正しくないと分かっている、彼のことを。

「この地の人形たちには骨拾いが必要だ。己の役目を全うすることに異議はない。だが、次の者に任せなければならないのは、耐えられない。臆病だと誹《そし》られようと、俺はこれを譲る気はない」

毅然《きぜん》と断言する形代に、雛はようやく口を開きかける。

形代は全てを話してくれた。きっと可能ならば話したくないことだっただろうに。

だから、自分も彼に応えなければならない。今抱いている本心を、ぶつけるしかない。

「俺は……」

口をなんとか動かし、言葉にする。

息が詰まってしまいそうになるのを無理やり呑《の》み込む。

「正直、ここにいる間だけなら、骨拾いになってやってもいいって思ってた。父さんたちのこともあるし、ここで起きるのは悪いことばっかりじゃないし、それに……お前らの事情も、知っちゃったし……」

知ってしまった以上は何か行動をしたい。そうでなければ、後味が悪くてとても立ち去れない。

そんな空虚な責任感が、現世に返ろうとする雛の足を摑《つか》んで離さない。

「駄目だ。俺はお前を骨拾いにはさせない」

形代は強く拒絶する。雛を見る目に揺らぎはない。変えられない覚悟がそこには宿っている。

「骨拾いなど、ろくなものではない。魂をこの地に縛られ、望んでも黄泉《よみ》の安穏へ向かうこともできない。他者の骨を食わなければ生き延びられない。……関わっただけで、黄泉への道を閉ざしてしまうこともある」

泣き出してしまいそうなほどの悲痛な色を隠さず、形代は言う。きっと、その脳裏に浮かんでいるのは獣飼いのことなのだろう。

これは、どうしようもない本音だ。ずっと理解しがたかった形代という人物が、初めて自分の前に立っているような気すらした。

でも、こんな形で、本音を知りたくはなかった。形代の嘆きを受け止め、雛もまた暗澹《あんたん》とした気分になる。

「現世に返れない。黄泉にも逝けない。お前は、そんなものに本当になりたいのか」

淡々と事実を突きつけられ、雛は口を閉ざす。

確かに、その通りだ。骨拾いは過酷な役目で生半可な決意ではとても耐えられない。きっと本当の意味での味方なんていない。人形たちは冷ややかで問題は山積み。もしかしたら、相棒役である継喪ですらも味方になってくれないかもしれない。ただ苦しくて孤独なだけの尊いお役目。

「その責任と苦痛を負うだけの覚悟はあるのか。それだけの価値がこの地にあるのか」

雛は迷い、なんとか言葉を紡ごうとする。

「お……俺、ここの事情のことさ、このままじゃ悲しいってすごく思ってて、でも、どうしようもないのか？　本当に跡継ぎを逃がす以外に他には何もないのか？　こんなの一時しのぎってやつだろ。もっと根本的に解決できる方法はないのか？」

こいねがうように、雛は形代を見る。形代は静かに雛を見つめていた。

混乱する思考に触発されるように、感情が溢《あふ》れてくる。この世界に来てから知った不条理を噛《か》みしめる。

誰も彼も悪くないし、誰も彼もに非がある。決して激しくはないけれど、緩やかな対立。こんな不安定な状況、いつまでも続くわけがない。

いずれは絶対に崩壊する。それも最悪な形で。だから、なんとかしないといけない。自分はここに来たばかりの余所者《よそもの》だけれど、だからこそできることはあるんじゃないか。

「ほら、獣飼いさんのことだって、調べたらもしかしたら治せる方法があるんじゃないのか？　そしたら、人形たちの誤解もきっと解けて仲良くできるし、お前と継喪が喧嘩《けんか》することなんてないだろ？　俺も頑張って探すからさあ！　なあ、そういう全部解決できる方法があるって言ってくれよ！」

たたみかけるように言っても、形代は答えない。

都合の良すぎる話だ。そんなことはわかっている。でも言葉にせずにはいられなかった。

もしそんな方法があるのなら、みんなきっと救われるのに。

でも、きっとそんなものはないのだ。必死に主張する雛を痛ましそうに見る形代の目が、そう雄弁に語っていた。

「なんかさ、他にはないのかよ。考えて、みんなが納得できるような道がさあ！」

悲しいのは嫌だ。

誰かが悲しいまま終わっていくなんて、そんなの嫌だ。

このまま自分がここを去れば、きっと全て悲しいまま、緩やかに終わっていく。自分はせっかく、どうしてこんなことになってしまったのか、全て知っているのに。

自分ならもしかしたら、自分が残ればもしかしたら、なんて甘い期待を捨てきれない。

「お前らのことも、骨拾いの跡継ぎのことも、人形の奴らのことも……もちろん、獣飼いさんのことだって……」

泣き出してしまいそうになるのを堪《こら》え、雛は必死で主張する。

本当に何もないのか。誰も悲しまない方法はないのか。皆が納得できる道はないのか。

継喪は新しい骨拾いを見つけたい。形代は次の骨拾いを作りたくない。

二人の亀裂は静かに、確実にそこにある。

正しいのは継喪だ。どれだけその方法が強引でずるくても、正しいことをしているのは継喪だ。

世界は、形代のわがままをいずれ許さない。報いはいつか、自らの崩壊か、『折れ骸』の形になって訪れる。

人形たちは形代たちを嫌っている。継喪も人形たちを嫌っている。

形代は人形たちに尽くそうとしているのに。

亀裂は消えない。全てのきっかけだった獣飼いはもう黄泉には逝けない。

未来は閉ざされた。彼はただ、師である形代を救いたかっただけなのに。

「全員が救われる方法は、ないのかよ……」

消え入りそうな声で雛は言う。形代は冷たく否定した。

「そんなものは存在しない。もう俺は、百年考え続けた」

　最初から形代もこうだったわけではないのだろう。

　必死に考えて、何も道がないことを知って、それでも自分の我を通すことを選んだ。

　それはもう、きっと誰にも変えられない。

「だって、そんなの……」

　形代もいつまでもこれが続けられないことは分かっているのだろう。

　これはただの結論の先延ばしだ。

　黄泉に逝くのを拒む『根の国』の他の人形たちのような、先延ばしだ。

　こんなもの、いつかは終わりを迎える。とても、悲しい形で。

　拳をぎゅっと握りしめる。耐えるように唇を引き絞る。

　ぽた、ぽた、と雛の涙が足下の泥を濡《ぬ》らしていく。

　悔しくて悔しくて、仕方がなかった。全てを諦めている形代も、諦めかけている自分自身も。

「なんで、諦めなきゃいけないんだよ。まだあるかもしれないだろ。寄り添って、納得できるような……相手の思いに寄り添うのが大事なんじゃないのかよ……」

　小さくすすり泣きながら雛は顔を上げ、声を張り上げる。

「お前が獣飼いさんに教えたことだろ！」

ほとんど悲鳴のように、叫ぶ。

形代は全てを諦観した顔で目を閉じ、それから雛に静かな目を向けた。

「所詮、ここは終わった者たちの国だ。ここで何をしようと、結局は死後の魂の足掻《あが》きにすぎない」

落ち着いた口調で、諭すように形代は言う。

「何をなそうと結果は変わらない。彼らはすでに死んでいる」

「そんな言い方、ないだろ……！」

だって、『根の国』にいる奴らはあんなに活《い》き活きと暮らしていて、悩んだり、喜んだり、怒ったり、悲しんだりしていて、本当に生きてるのとおんなじだった。

ただの足掻き、なんて。そんな言い方。

だけどそれ以上、言い返す言葉も出てこない。

形代は一歩、雛に歩み寄った。

「お前は戻れるかもしれない。ここにいる人形たちが、恋い焦がれても戻れない現世に。完全な形で流れ着いたのなら、万に一つは返れるかもしれない」

さらに一歩近づき、形代は雛を見下ろす。

「一時の感傷で現世への道を閉ざすつもりか」

現世への道を閉ざす。返れなくなる。

そうだ。今までは形代サマが守ってくれたけれど、継喪は俺を逃がさないつもりでいる。一度逃げようとしたのがわかれば、二度目はないだろう。今逃げないと、俺はもう現世には戻れなくなる。

あの子のいる現世には、二度と。

『お帰りをお待ちしております』

『[redacted]は、いつまでもお待ちしております！』

記憶の中で無理をして笑っていた少年。彼のことを思うだけで、胸の内側のからっぽの部分がひどく痛む。

返らないと、返らなきゃ、返りたい。

自分の中の自分が悲痛にそう叫んでいる。その苦しさに雛は自分の胸元を押さえつけて、拳をぎゅっと握り込んだ。

緩く、風が通り過ぎる。

痛みを堪えるように響く雛のすすり泣きが、風にさらわれていく。

その風が通り過ぎるのをゆっくりと待ち、そして――形代は雛の腕から両親の人形を強引に取り上げた。

今まできつく抱きしめていた人形がなくなり、雛はぽかんとした後、すぐに人形を奪い返そうと形代に手を伸ばす。

「か、返せよ！　返せ！」

だが、小柄な雛では形代の持つ人形にはどうしても届かない。

ぼろぼろと泣いて呻《うめ》きながら、雛は何度も飛び上がって人形に手を伸ばす。

届くはずのないその手を形代は哀れなものを見る目で見下ろした後、そっと彼の肩に手を置いた。

「雛」

静かに名を呼ばれ、動きを止める。形代はいつになく優しい目で雛を見つめていた。

「この人形の魂は、責任を持って黄泉《よみ》に送る。約束する」

「でも、父さんたちは、俺が送るって決めて……」

言いかけた言葉が形代の真摯な眼差《まなざ》しに遮られる。

その目を見ているだけで分かってしまった。形代は本当に善意でこれを言っていて、彼に任せておけば、無事に両親は黄泉に逝けるのだと。

「お前には、現世で待つ者はいないのか」

ゆっくりと諭すように言われ、雛は何も反論できなくなる。

耳の奥であの子の声が聞こえる。目を閉じればあの子の笑顔が見える気がする。

返りたい。あの少年がいる、現世に。

「現世に戻れ。逃げろ」

「でも……！」

なおも食い下がる雛に、形代は『根の国』の逆側、雛が流れ着いた『禊《みそ》ぎ川《がわ》』のほうを指さして声を張り上げた。

「『禊ぎ川』を遡ればその先に現世はある。早く行け！」

雛は何かを言い返そうと何度も息を吸い込み――結局何も言えずに身を翻した。

悔しかった。

何もできなかった。

自分は、自分の都合を選んでしまった。

悲しみと罪悪感に押しつぶされそうになりながら、雛は足を動かす。

背中に形代の視線を感じたが、振り返ることはできなかった。

返らないと。現世に。あの少年の待つ場所に。

太い木の根を越え、竹林を駆け抜ける。記憶に従って『禊ぎ川』を目指す。

息がすぐに切れる。だけど立ち止まってはいけないことは分かった。振り向いてもいけないことも分かった。

竹林を抜け、森に入る。道はなんとか覚えている。この先にまっすぐ向かえば、『禊ぎ川』が——

「おやおや、逃げるつもりですか」

突然、背中にかけられた声に雛は立ち止まってしまった。

がさがさと下草を踏みしめ、誰かが近づいてくる。

駄目だ。振り返っちゃ。逃げないと。

余裕のある足音は徐々に近づいてくる。

「逃げたら、ご両親を捜す約束はなくなりますね」

ぽん、と肩に手を置き、耳元で囁《ささや》かれる。雛は、ついに振り向いてしまった。

「継喪、なんでここに……」

にこやかに微笑《ほほえ》む継喪に、震える声で雛は尋ねる。継喪は眉を跳ね上げると、「やれやれ」とでも言いたそうに首を横に振った。

「困るんですよね。うちのを手なずけたあげくに持ち逃げしようだなんて」

「え……？」

雛の着物の胸元から泥人形がそっと顔を出す。心なしか申し訳なさそうにしているその人形に、自分は最初から見張られていたのだと悟った。

反射的に肩に置かれた継喪の手を振り払い、彼から距離を取ろうとする。胸元に入れていた泥人形は、地面に落ちて崩れていった。

「実のところアナタにはそこそこ期待していたのですよ。言われた通りに魂を導く、愚かでまっすぐな子供」

芝居がかった仕草で継喪は歩み寄ってくる。雛は後ずさった。

「本当なのか。俺を無理やり、形代サマの跡継ぎにしようとしてるって」

「ええ、その通りです。話が早くて助かりますよ！」

ぱちぱちと継喪は手を叩《たた》く。その音は静まりかえった森に溶けていく。

「いいじゃないですか、ここに残って人形たちと共に暮らせば。俺も鬼ではありませんからね。擦り切れるまでは、ちゃんと面倒を見ますよ」

ねっとりとした声で継喪はうそぶく。雛は警戒心をあらわにしたまま、また一歩後ずさった。

「形代リマは、俺に逃げろって言った。残ってもろくなことはないって」

「ええ。ろくなことはありません。骨拾いなど、報われることのない役目ですから」

にこにこと、表面上は継喪は笑う。その裏側にある静かで激しい人形たちへの怒りを感じ取り、雛は喉の奥から悲鳴が出そうになるのを呑《の》み込んだ。

やっぱり、継喪は人形たちに対して怒っている。そして、きっと自分の邪魔をする形代サマに対しても。

逃げ腰の雛にさらに距離をつめ、継喪はにい、と目を細める。

「でも、優しいアナタなら引き受けてくれるでしょう？」

「え……」

雛の返事も聞かず、継喪は彼の顔を手で包み込んで上向かせた。真上から見下ろしてくる継喪の、泥のように濁った目と目が合う。

「人形相手に寄り添うなんて、反吐《へど》が出る行為をすすんでやるような、アナタなら」

ゆっくりと鼓膜にねじ込まれたその言葉に、雛は自分の中の決断が揺らぐのを感じた。

確かに自分は現世に返りたい。あの子のところに返りたい。でも、もしかしてこれはただの俺のわがままなんじゃないか？

そんな考えが首をもたげ、思考の中にゆっくりとしみこんでいく。

もしも自分がわがままを言わずにここに残ったら。

自分が残ることで、何か一つでも救えるのなら。

「俺は……」

ぐるぐると渦を巻く思考をなんとかまとめようと雛は口を動かす。

「俺は、父さんと母さんを、黄泉に送りたい」

「ええ、そうでしょうね」

「獣飼いさんも、形代サマも、人形たちの気持ちも、諦めたくない」

「ええ、彼らはアナタを必要としていますよ」

「でも、現世にも俺を待ってる人が、いて」

「そうなのですね。それは可哀想《かわいそう》に」

継喪は一切まばたきをしないまま、雛の目を覗《のぞ》き込み続ける。

子供を宥《なだ》めるように告げられるその一言一言が雛の心を侵食し、思考を鈍らせる。

目をそらせない。体が震える。

このままではいけないと分かっているのに逃げられない。

ここに残らなければと思ってしまう。

それに抵抗するように雛は唇を動かす。しかし、そこから漏れたのは拒絶の言葉ではなかった。

「俺、どうしたら……」

途方に暮れた末の疑問が、継喪の耳に届く。

継喪は——とても綺麗《きれい》に笑った。

「わかりました。では、ひと思いに希望を砕いて差し上げましょうか」

「……え？」

その意味を雛が理解する前に、それは起こっていた。

継喪が、雛の右腕に触れる。

腕の感覚がなくなる。

きょとんとそちらを見る。

肘から先が、袖から滑り落ちていく。

ごとりと音を立てて、右腕が地面に落ちて転がる。

それを目にしてようやく、雛は自分の右腕が切断されたのだと気がついた。

「え、な、なんで、俺の腕、なんで……」

混乱しながら腕に手を伸ばし、拾い上げようとする。

しかしそれより先に、継喪の革靴が雛の右腕を踏みにじった。

継喪の足の下で腕が乾き、ひび割れ、砂のように粉々に崩れていく。

残されたのは、骨だけだ。

「なぜって。手足を潰してしまえば、もう逃げられないでしょう？」

呆然《ぼうぜん》と自分の腕の残骸を見る雛に、継喪は首をかしげてとぼける。

「心配せずとも、アナタは文字通りお人形のように小柄で可愛《かわい》らしいですからね。特別に俺が抱えて運んでさしあげます」

言われた意味を脳が理解することを拒否し、だが体は恐怖だけを察知してがたがたと震える。

「決して悪い待遇ではないですよ？　ご所望とあらば、なんでも揃《そろ》えて差し上げます。食べ物ですか？　娯楽ですか？　ああ、そういえば着るものに文句を言っていましたね。自由に選ばせて差し上げますよ。ですから、骨組堂《ほねぐみどう》の外に勝手に出ようなどと考えないでくださいね。外は危険なものでいっぱいですから」

真っ当に条件を出して説得でもしているつもりなのか、継喪はいたって平静な様子で次々と雛に提案する。

「どうせ長いお役目になるのです。人形どもと触れあわずに済むのなら、そのほうがいいでしょう？」

明確な悪意とともに吐き捨てられた言葉に、雛は喉の奥をひっと鳴らす。

そんな雛の反応を見て楽しんでいるのか、それとも何も思っていないのか、継喪はひとしきり真顔で雛の様子を確認すると、満足でもしたのか再び笑顔になった。

「動かないでくださいね。今、左腕も――」

笑顔のまま、継喪は手を伸ばしてくる。雛はとっさに立ち上がり、その場から逃げ出した。

右腕を失って重心の崩れた体で、雛は必死に走る。

なんで、どうしてこんなことに。

必死に考えても思考はまとまらない。

中身をなくしてしまった右の袖がむなしく揺れる。

痛みもないまま奪われた右腕が混乱した絶望を加速させる。

なんで、いやだ、俺は。

恐怖が心を支配し、背後から迫る継喪から逃れるために必死に足を動かす。

しかしその時、行く手で突然盛り上がった地面に、雛はつまずいて派手に転倒した。

倒れ込みながら足下を見ると、つまずいたはずの地面の凹凸は見る見るうちに砕けていく。

継喪が地面を操ったんだ。

そう理解した直後、継喪はゆっくりと追いついてきた。

「手荒なことをするつもりはないのですよ。それとも、『なんで』とはどうやって腕を奪ったのかという意味でしたか？」

ぺらぺらと喋《しゃべ》りながらやってくる継喪に焦りはない。まるでわざと獲物を逃がして、ゆっくり追い詰めて楽しんでいるようだ。

「ひっ……来るな……！」

引きつった喉で拒絶しながら、雛は立ち上がる。また地面に凹凸ができて、すぐに転倒した。

「俺は黄泉平良坂の泥そのもの。そして骨組人形の肉はこの地の泥でできている。……であれば、それを自在に破壊できるのは道理でしょう？」

「来るな……！　あっち行け！」

這《は》うように逃げるしかない雛は、やがて倒れ込んで追い詰められる。もはや立ち上がることもできず、雛は腰を抜かしたまま、片腕だけで後ずさった。そんな雛を、まるで可愛らしいものを見るかのように継喪は見守っていた。

「そんなに怯《おび》えないでください。他の人形のように欠けるだけです。決して、骨を食べたりなんかしませんよ」

行き止まりまで追い詰められ逃げ場がなくなった雛の前に、継喪はかがみ込む。そして、濁った目をにい、と細めて囁《ささや》いた。

「まあ、アナタがあまりに言うことを聞かないようであれば食べてしまってもいいですが」

「ひっ……！」

言いながら伸ばされる手。雛は咄嗟《とっさ》に残った左手でそれをはじこうとした。

ぱしん、と軽い音を立てて、雛の手首は継喪に摑《つか》まれる。

そして、摑まれた部分から左手はぼろぼろと崩れ落ちていった。

「あ、あぁあ……」

「可哀想に。両手がなくなってしまいましたね」

心底哀れに思っている声色で継喪は言う。両手がなくなり、座ってすらいられなくなった雛は地面に倒れ込む。

それでも立ち上がろうと短くなった腕を使って力を入れようとするもうまくいかない。

そうやって虫のように蠢《うごめ》く雛を「ふむ」と継喪は見下ろすと、彼の体の下に足を差し込んで仰向けに転がした。

そして、ろくに抵抗も出来ない雛の足首を掴み、引き寄せる。

「これ以上逃げ回るのなら、次は両足を根元から潰します。這いずって逃げることも許しません」

低い声で宣言され、雛は完全に硬直する。足はもう継喪に掴まれている。いつだって、彼の気が向けば、簡単に自分の足は奪われる。

もはや悲鳴も上げられずに恐怖に濡《ぬ》れた目で見上げてくる雛に、継喪はにこりと笑いながら首をかしげた。

「もう、逃げたりしませんね？」

雛はまるで壊れたおもちゃのように、こくこくと頷《うなず》く。

それを満足そうに見ると、継喪は雛の足を解放し、彼の頭を優しく撫《な》でてきた。

「はい、良い子ですね」

純粋に子供を褒めるように上機嫌に言う継喪。

絶望に打ちのめされ、雛は全身に力が入らなくなって横向きに倒れ込んだ。

「まったく、壊すつもりはないのですから、無駄な抵抗をしなければいいものを」

ぶつぶつと文句を言う継喪の声がとても遠くに聞こえる。

やがて雛の視界に戻ってきた継喪は、奪い取った雛の骨を回収して布にくるんでいた。

「お待たせしました。帰りましょうか、骨組堂へ」

継喪は無くした腕の分軽くなってしまった雛をひょいっと抱き上げると、鼻歌でも歌い出しそうな足取りで歩き出した。

絶望に侵された雛は抵抗一つせず、だらりと脱力して、継喪に身を任せる。

森を歩き、落ち葉を踏みしめ、やがて二人は竹林へと出る。

文字通りただのお人形のように運ばれながら、雛はかぼそく言った。

「なんで、こんな……」

その言葉に継喪が答えたのは、きっとただの気まぐれだったのだろう。

勝ち誇った表情で、継喪は歌うように口を動かす。

「形代さまは代替わりを拒否していらっしゃる。ですが、もう次につなげていただかなければ困るのですよ」

その瞬間、雛は全てを諦めた。

結局、どうしようもないことだったんだ。

形代サマの言う通り、本当に継喪は形代サマのことを嫌っていて、取り返しがつかなくて――

　しかし、その後に続いた言葉に、雛は急に意識がはっきりとした思いがした。

「……でなければ、今度こそあの方は黄泉《よみ》の国へと逝けなくなってしまう」

　焦るように紡がれた言葉。きっと、言うつもりのなかった本音。

　おかしい。何かを見落としている。

　この言葉が本当なら、まさか、もしかして――

「……なあ、継喪」

「なんでしょう」

「継喪って……本当に形代サマのことが、嫌いなの？」

　最後の勇気を振り絞って、なんとか尋ねる。

　その瞬間、継喪の纏《まと》う雰囲気ががらりと変わった。

　顔から笑みが消え、目に強い苛立《いらだ》ちが籠もる。立ち止まり、濁った泥よりもさらに深い、光の消えた目で雛を見下ろす。

「俺があの方を嫌い？　一体どこの誰がそんなことを言ったのです？」

　地を這うような声で継喪は問いかける。怒りもあらわに顔を歪《ゆが》め、その話をした何者かを殺してしまいそうな勢いで。

それを正面から受けた雛は、首を絞められているような息苦しさを必死でこらえ、なんとか口を動かす。

「かっ、形代サマ本人が、継喪は自分のことが嫌いで、邪魔者だと思ってる、って」

途切れ途切れに雛は言う。

その言葉を受け取った継喪は、こぼれ落ちそうなほど目を見開き、腕の力を抜く。自然と地面に落ちる形になった雛は、文句も言えずにただ土の上に転がった。

継喪はうつむき、沈黙していた。その目は動揺に揺れ、失われていた正気の光が見え隠れする。

「そんなわけ、ないでしょう」

焦点の合わない目をうろつかせながら、継喪は震える唇を動かす。

そのたった一言に込められた途方もない感情。

動揺。絶望。悲しみ。焦り。

だがそれを弁明するための人物は、今この場にはいない。

「……千年です」

ぽつりと、継喪は言う。

「千年間、俺はあの方の隣で見てきました。時に縋《すが》られ、時に疎まれ、身勝手なことばかりを言う骨組人形たちのためにあの方は尽くしてきた」

言葉に徐々に怒りが乗る。

報われない悲しみがいつしかすり替わって生まれた深い怒りに。

「好き勝手に罵られ、かと思えば手のひらを返したように崇《あが》められ、ただ役割を果たしているだけだというのに全ての責任を押しつけられる」

静かに溢《あふ》れていく感情。

拒絶された。疎外された。

それでも継喪と形代は骨拾いを行ってきたのだ。

誰も望んでくれないのに。誰も、褒めてすらくれないのに。

やがて継喪はだらりと腕の力を抜いてうなだれる。

「もう、いいじゃないですか。解放してあげたいと思って、何が悪いのですか」

雛は、今までの恐怖をすっかり忘れ、継喪にかける言葉を探していた。

勘違いだった。すれ違いだった。確かに継喪は強引すぎる手段を取ったけれど、形代のことを嫌ってなんていなくて、むしろ形代を解放するために――

全てを察した雛は、這うようにして起き上がる。

今の継喪なら、きっと話を聞いてくれる。

そしたらきっと、みんなが納得できる道が――

――その時、どこからか飛来した石が継喪の体に、かつん、と当たった。

継喪の体で跳ね返った石は、軽い音を立てて地面に転がる。

石を投げられた？　誰に？

雛は振り向く。そこにいたのは、竹をまとめた荷物を置き、継喪をにらみつける琴葉《ことは》だった。

どうしてここに、という疑問が浮かび、彼が『根の国』の外に材料を探しに行くと言っていたことをすぐに思い出す。

「雛から離れろ、この骨食い！」

もう一度石が投げられる。今度は継喪の顔をかすめた。

「本性を現したな！　そうやって先生の骨も食ったんだろ、この化け物！」

琴葉はまた石を投げる。

腕を奪われた雛を見て、雛が襲われていると思い込んで。

雛を守るために、勇気を振り絞って石を投げている。

違う、違うのに。

雛は慌てて声を張り上げる。

「違う、琴葉！　これは──！」

「出てけ！　僕たちの『根の国』から出てけよ、化け物ー！」

勢いよく投げつけられた石が継喪の頭に当たる。

鈍い音。

継喪はわずかにたたらを踏み、髪を乱しながらうつむく。

やけに、長く感じる沈黙。

その末に継喪は小さく肩を揺らした。

「ふ、ふふ……ははは……」

継喪の乾いた笑い声は徐々に大きくなる。石の当たった彼の頭から血は出ず、その代わりにまるで乾いて砕けた泥のようにひびが入っている。

それに気づいた琴葉は、思わず攻撃を止める。

このままじゃまずい。

雛は琴葉に向かって声を張り上げようと前のめりになる。

しかし、その直前、それまで響いていた継喪の哄笑《こうしょう》はぴたりと止《や》んだ。

突然、足下が蠢《うごめ》くような気持ち悪さに襲われる。どこからか、地鳴りが響き渡る。

「……ああ、本当に報われない」

地鳴りと同じ響きの声で、継喪は低く言う。

俯《うつむ》いていた顔を上げる。怯《ひる》んでいる琴葉に目を向ける。その瞳に浮かんでいるのは、悲しみと諦めの先に至った、燃えるような殺意だった。

「愚かで、身勝手で、救いようのない人形どもが！」

継喪の叫びに呼応するように大地が震える。

雛は咄嗟《とっさ》に立ち上がり、背後から継喪に体当たりをした。全体重をかけた一撃に、継喪は体勢を崩す。

勢いを殺せずに倒れ込む雛。すぐに顔を上げ、地面に体を打ち付けながら琴葉に叫ぶ。

「逃げろ！　早く！」

しかし琴葉はすぐに動けなかった。

倒れ込んでしまった雛を助けるべきか、それとも言われた通りに逃げるべきなのか、咄嗟に選べなかった琴葉は硬直する。

そして、その僅かな隙は、継喪にとって十分すぎる猶予だった。

継喪はすぐに体勢を立て直すと、倒れている雛の左足を勢いよく踏みつけた。

「あぐっ……！」

踏まれた衝撃と痛み。その直後に左足の感覚は綺麗《きれい》に消え去る。見なくても、足が奪われたことはわかってしまった。

継喪はろくに蠢くこともできなくなった雛に一瞥《いちべつ》もくれず、ふらふらと琴葉に歩み寄る。

「く……来るな！」

琴葉は継喪に石を投げる。継喪は避けなかった。

吸い込まれるように石は、彼の右目に当たる。まぶたとその向こうの眼球が作り物のようにひび割れ、ぱらぱらと砕けていく。

幽鬼のようにふらつきながら、継喪はさらに一歩近づく。

また石が投げられる。体に当たる。ぱきり、と服にひびが入り、端から崩れていく。

それはまるで、人の形を取っていただけの何かが、本当の姿をあらわにしていくようであった。

「……ほら、お望みの化け物ですよ。お前たちが嫌いな化け物です」

腕を広げ、諦めたような顔で継喪は笑う。何度も石を投げられたその体はぼろぼろで、穴が開いて向こう側が見えているところすらある。

だが、それを一切気にせず、継喪は笑顔で立っていた。

「来るな、来るなよ……！」

涙目で後ずさる琴葉。表情を変えず、ゆっくりと腕を上げる継喪。琴葉の足下から泥の腕が生え、彼の足首を掴《つか》む。そのまま足を引っ張られ、琴葉は尻餅をついた。

ゆらりゆらりと体を揺らしながら、継喪は琴葉の前までやってくる。琴葉はもう引きつったように何度も息をしながら見上げることしかできない。

「こんな化け物、恐ろしいのでしょう？　殺してしまいたいのでしょう？」

自嘲するように、歌うように継喪は言う。そのどす黒い感情に満たされた眼差《まなざ》しが、琴葉を射貫《いぬ》く。

「やってみてくださいよ、さあ！」

胸に手を当て、継喪は叫ぶ。琴葉は答えられなかった。恐怖に目を潤ませながら、彼を見ることしかできなかった。

やがて継喪は全ての興味を失ったように表情を消した。

手を伸ばし、身動きも出来ない琴葉の頭を掴む。

「雛、見ていなさい」

こちらを見ずにかけられた声に、雛は必死で顔を上げる。

怯《おび》えた目をする琴葉と目が合う。

「これは、お前がなおも逆らおうとした罰ですよ」

継喪は頭を摑んだ指先に力を込める。なんとか止めようと雛は短い腕を伸ばす。琴葉は、ぎゅっと目をつぶった。

「助けて、先生……！」

――その瞬間、琴葉を破壊しようとしていた継喪は何者かによって弾《はじ》き飛ばされた。

半分だけ腐った体。羆《ひぐま》よりも大きな体軀《たいく》。ごうごうと轟く体毛。

明らかな怒りに満ちた折れ骸が、継喪を押し倒し喰《く》いかかっている。

「なぜここに、折れ骸がっ……！」

折れ骸は継喪の右腕に牙を立て、嚙《か》み千切ろうとしている。四つ足の体の下に押さえつけられる形になった継喪は牙から逃れようと何度も折れ骸を攻撃していたが、すぐに無駄だと悟ると声を張り上げた。

「腕なんて、くれてやりますよ……！」

ばきっと音を立てて継喪の右腕が砕け、ばらばらの砂になる。目標を見失って困惑する折れ骸の隙を突き、継喪は折れ骸の下から転がり出た。

「まったく……自分の体は直すのも一苦労なのですから、こういうのはやめていただきたいですね」

逃げられたことに気づいた折れ骸は、継喪に向き直って咆哮《ほうこう》した。

継喪の足下の泥が盛り上がり、彼の腕へと繋《つな》がって、ぱきぱきと音を立てながら元通りに形作っていく。

同時に継喪は、折れ骸の足下に針山のように泥を飛び出させ、折れ骸を串刺しにしようとした。

しかし、その動きを全て読んでいたかのように折れ骸は軽々とそれを避けると、今度は継喪の足めがけて爪を振り抜いた。

「くそっ……どうして手足ばかり！」

咄嗟に避けたが爪がかすめ、左の足首がまるでおもちゃのように簡単に吹き飛ぶ。着地と同時に継喪は左足首を再構築しはじめた。

手足の構築中は立ち止まらなくてはいけない。

遠くで見ていることしかできない雛はそう察する。

そして、折れ骸もまたそれを理解しているのか、続く攻撃も執拗《しつよう》に手足ばかりを狙ってきていた。

右腕を再び落とされる。構築しようとすれば襲われ、左腕を狙われる。避けきれず足を飛ばされ、倒れこみながら修復を行うも巨大な前足によって上から押さえつけられる。

そしてそのまま、継喪は下半身を全て千切り飛ばされてしまった。

「くそ……時間さえあれば、こんな傷……！」

残された片腕だけで這《は》いずりながら、継喪は泥を操って失われた部分を再構築しようとする。しかし折れ骸はそれを許さず、継喪の上半身に噛みつくと、首を大きく振って、彼を真上へと投げ飛ばした。

宙に浮く体。地面に触れられず回復はできない。真下では折れ骸が口を開いて待ち構えている。このまま落ちれば折れ骸の腹の中。助けは来ない。万策尽きた。何もできないまま、継喪は重力に従い、落下を始める。

「……これが報い、ですか」

小さく口を動かし、継喪は目を閉じる。

変わり果てた姿の継喪が折れ骸の口の中に落ちていくのを、雛は何もすることができずに見つめていた。琴葉もまた、ぽかんと口を開きながらそれを見ている。

そんな二人の間を――黒色の影が駆け抜けた。

影は地面を蹴り、群生する竹を足場に飛翔《ひしょう》し、今まさに落下していく継喪の体を抱き留めてその場から逃れる。

獲物を見失った折れ骸は素早く首をめぐらせる。少し離れたところに着地したその人形
——形代は、継喪の体を抱えたまま、折れ骸をにらみつけていた。

「形代さま……」

「話はあとで聞かせてもらう」

そう言うと、形代は継喪を地面に下ろし、彼をかばって立った。

「回復しろ。時間を稼ぐ」

言うが早いか、形代は右腕をゆっくりと体の前で薙《な》ぐ。袖口から次々にこぼれていく骨が、その一つ一つが刃物のような鋭さをもって浮かび上がる。

折れ骸が咆哮する。形代はその顔面に、骨の刃《やいば》をたたき込んだ。

命中した刃は折れ骸の肉に食い込み、突き刺さり、そぎ落とす。しかし折れ骸は一切ひるまず、間髪を容《い》れずに形代に突進した。

「くっ……」

刃を呼び戻し、形代は目の前に骨で盾を作る。折れ骸は盾に正面からぶつかると、鋭い爪を立てて、ゆっくりとそれを破壊し始めた。

形代は盾を一旦解除して離脱しようとしたが——あることに気づいて止めた。

折れ骸は形代を見ていない。こいつが狙っているのは、自分の後ろにいる継喪だ。形代は袖口からさらに骨を出すと、盾を強化する。自分がここを退けば、折れ骸は抵抗できない継喪に襲いかかるだろう。

盾にさらに一撃が加わり、ビシッと亀裂が入る。このままでは押し負ける。そう気づいた継喪は、地面に這いつくばりながら声を張り上げた。

「避けてください、形代さま！　俺のことはいいですから！」

「駄目だ」

次々に盾には亀裂が入り、折れ骸の爪と牙が形代に肉薄する。形代は半分だけ振り返ると、わずかに微笑《ほほえ》んだ。

「俺の代わりはまだ作れる。お前の代わりはいないだろう」

パリンッ、と。

まるで薄いガラスを割ったかのようなあっさりとした音を立てて、形代の身を守るものはなくなる。牙と爪はそのまま形代へと迫り——

「形代さま！」

悲鳴のように呼ぶ継喪を置き去りに、形代の体は折れ骸に嚙み砕《くだ》かれ、そのまま遙《はる》か先へと投げ捨てられた。

まるで中身がからっぽの人形のように軽々と宙を舞った形代の体は、やがて地面に衝突して激しく転がる。

地面に落ちた衝撃でその体のところどころは砕け、全身を形作っていたはずの骨が点々と地面に散らばっている。

それでもなお形代は立ち上がり、腕を構える。身を削って作られた骨の刃が浮かび上がり、折れ骸を狙う。

「こっちだ。こちらを向け」

継喪ににじり寄ろうとしていた折れ骸に、骨の刃の雨が降り注ぐ。折れ骸はそれを全て受けると、わずらわしそうに身を揺らし、形代へとゆっくり向き直った。

怒りと欲望に満ちた目を向けられ、形代は悲しそうに目を細める。

「駄目です、一人でなんて……！」

継喪は必死に手足を形作ろうとしていた。

だが、奪い去られた体積が大きすぎて、なかなか修復は進まない。

折れ骸は形代に目標を定めると、一際大きく咆哮した。びりびりと空気が震え、遠くで見ていることしかできない雛のもとにも届く。

地面を蹴り、襲いかかる折れ骸。形代は横に飛んでそれを避けたが、まるで形代の動きの癖を知っているかのように、その体を折れ骸の尻尾の一撃が襲う。

体をくの字に折り曲げ、吹き飛ばされる形代。よろめきながら立ち上がると、受けた衝撃を表すかのようにさらに着物の裾から砕けた骨がぱらぱらと落ちていった。

継喪はまだ回復していない手足で必死に這いずった。

「やめてください！　お前の敵は俺でしょう！　狙うなら俺を……！」

反撃しようと形代は手を構えようとする。しかし、折れ骸の前足になぎ払われ、再び形代は地に沈む。身動きがとれないまま体を咥《くわ》えられ、遊ばれているかのようにそのまま地面に叩《たた》きつけられる。

また、形代の骨が砕けた。

「やめてくれ、頼む、お願いだから……！」

継喪の命乞いに一切耳を貸さず、折れ骸は形代に前足を叩きつける。

執拗に、何度も。

そのたびに力なく垂れた形代の腕が反動で浮き上がった。

継喪はまだ半分しか構築できていない足で走りだそうとし、失敗して顔から転倒した。

視界の先では形代がなぶられ続けている。

ふと、形代の顔が継喪を向く。

——すまなかった。

唇がそう動いたように見え、継喪は硬直する。

「ちがう、ちがうんです、俺はあなたを嫌ってなんていなくて、あなたのために、ああ……！」

めちゃくちゃに叫びながら、継喪は必死に腕を伸ばす。今頃になってパキパキと形作られていく指先が遠くの形代を掴《つか》もうともがく。

とどめを刺そうと、折れ骸は一際大きく前足を振り上げる。完全に脱力した形代はそれを見上げ、誰かの名前を呟《つぶや》いた。

「……許してくれ、[redacted]」

——しん、と。

静まりかえった竹林。

前足を振り上げた姿勢のまま固まる折れ骸。その目からは怒りが消え、代わりに戸惑いと焦りが揺れていた。

「一体、何が……」

全てを遠くで見ていた雛は、何が起こったのか理解できずにぽつりと呟く。

その問いに答えるように折れ骸は前足をゆっくりと下ろすと、焦った様子で何かを捜し始めた。

うろうろと忙《せわ》しなく辺りを捜し回る折れ骸。彼がたどり着いたのは、なぜか雛のところだった。

「え……？」

理解が追いつかないまま、雛は折れ骸に咥えられる。牙が食い込み、体に激しい痛みが走る。

「いっ……この、離せ！」

ろくな抵抗もできずに、千切られた手足をばたつかせながら運ばれた雛は、形代の前にどさっと落とされる。

痛みに耐えながらなんとか体を起こすと、折れ骸は再び何かを捜しに行き、今度は布で包んだ何かを咥えて戻ってきた。

包みを地面に落とすと、ばらばらとその中身が散らばる。それは、継喪が回収していた雛の手足の骨だった。

折れ骸はその骨を形代の前に集めると、鼻面で雛と骨をぐいぐいと押して、形代へと寄せる。まるで、飢えた子供に母が餌を食べさせようとするかのように。

その瞬間――雛には全て分かってしまった。

折れ骸に向かって瞬きをし、目をこらして視界を変える。本来は見えないものを視《み》ようとする。

やがてぼんやりと視えてきた折れ骸の光は――深い藍色をしていた。

そうか。そういうことだったのか。

雛は一度目を閉じ、それから、なおも形代に骨を食べさせようとしている折れ骸の鼻面にそっと額をつけた。

「もう、いいんだよ。……獣飼いさん」

＊

――藍色の光。

＊

骨組堂。見覚えのある中庭。

そこに面した縁側に、獣飼いが正座させられている。

「お前という奴は、またやりましたね！」

特大の雷を落とされ、獣飼いは縮こまる。しかし、そこでへこたれないのが彼であった。

「で、でも、継喪さま！　今回は、僕の怪我《けが》のおかげでうまく運んだじゃないですか！」

「でも、ではありません！　無茶をするなとあれほど言っているのに、まだやりますか！」

火に油を注いだ形になった獣飼いはしおらしくうなだれる。そんな彼に継喪は大きなため息をついた。

「いいですか。お前はもっと人を思いやるということを覚えなさい！」

「思いやる、ですか？」

「相手の心に寄り添って、相手が何を考えているかちゃんと考えてから行動しなさいと言っているのです、この向こう見ずの考えなしの能天気のアホタレが！」

「そこまで言わなくても……」

「黙らっしゃい！　全てに通じることですよ！　日常生活にも、骨拾いにも！」

ガミガミと続く継喪の小言を半分聞き流しながら、獣飼いは庭を見る。

今日も天気がよくて、良《い》い日だ。

「ちゃんと聞いていますか、お前は！」

「もちろんです、継喪さま」

「まったく返事だけはいい……。いいですか、ちゃんと俺の言うことを聞いて、これからは危ないことはせず、俺のような素敵な人格者になるのですよ」

「人格者って誰のことですか？」

余計な一言を言った獣飼いに、継喪の怒声が再び響く。

たっぷりそれから十五分は絞られた獣飼いは、しびれてしまった足をさすりながら立ち上がった。そこに顔を出したのは形代だ。

「あ、形代さま」

「……すごい剣幕だった」

「そうですね。あんなに怒らなくてもいいのに」

「あれは、俺でも怒る」

「えー……」

ぴんと来ていない顔の獣飼いだったが、このままでは説教の続きが形代から行われそうだと察し、ころりと話を変えることにした。

「継喪さまに相手に寄り添えと言われましたが、どういう意味なのでしょう？　自慢じゃないですが僕、誰にでも優しくてかっこいい完璧な伊達《だて》男のはずですが」

「あれは、お前を心配しているという意味だ」

「え？」

「お前を心配する者が近くにいることに気付けという意味だ」

淡々と告げられ、目をしばたたかせたあと、獣飼いはへにゃりと笑った。

「あはは、そうだったんですね。あれが分かるなんて形代さまはさすがだなあ」

「……多分、だが」

「ああ、多分なんですか……」

さらりと付け加えられた言葉に、獣飼いは肩を落とす。

「あれとは数百年の仲だが、いまだによく分からない」

「まあ、特別に気難しくて性格が悪くていらっしゃいますからね」

「そうなのか？」

「あ、今のは継喪さまに言ってはいけませんよ」

「そうなのか……」

素直すぎるほどあっさりと形代は納得する。

「僕に言わせれば形代さまも相当ですからね」

「そうなのか」

「ええ。そうやって人の言うことを鵜呑《うの》みにするのはよくないですよ。あと、たまに継喪さまが話を聞いているからいいやと、話を聞いているふりをして何も考えていないことも知ってますからね」

形代は少し固まって目を泳がせた後、こてんと首をかしげた。

ちょうど、可愛《かわい》らしい小鳥が首をかしげてこちらを見上げてくるような仕草で。

大の男である形代がやると少々不気味ではあったが。

「え、どうしたんですか突然……」

「よく分からないときは、かわいこぶればいいと聞いた」

「誰に吹き込まれたんですか。場合によっては暴力沙汰にしますよ、継喪さまが」

形代は目をぱちぱちとさせて思考した後、よく分からなくて諦めたのか、また首をかしげてごまかした。

＊

形代さまが倒れている。

人形たちがあたりを取り囲んでいる。

折れ骸は去った。

でも、ああ、このままでは形代さまが。

＊

腕をなくし、からっぽになった袖を揺らしながら、獣飼いは布団で体を起こしていた。

布団の横には形代が立っている。悲痛に顔を歪《ゆが》めながら、なくなってしまった獣飼いの腕を見ている。

「そんな顔しないでください形代さま」

つとめて明るい声で獣飼いは切り出す。

「見ての通り、僕は元気ですし、形代さまはちゃんと壊れずにすんだ。それでいいじゃないですか。そりゃあ、形代さまの後を継げなくなったのは申し訳ないですけど、きっとお二人ならすぐに次を見つけて育てられますよ！　ああでも、継喪さまが口をきいてくれなくなっちゃったんですよね……やっぱり怒ってるのかな……ねえ、形代さまからも——」

「……■■」

形代は獣飼いの名前を呼ぼうとしたはずだった。しかし、口から出たのは意味をなさない音だけだ。

目を見開いて口を押さえる形代に対し、獣飼いはあちゃーと頬をかく。

「あー、どうやら名前の記憶も欠けちゃったみたいですね……。良い機会ですし、新しい名前をつけようかな！　そうだ、形代さま何かいいのをつけてくれませんか？」

にこにこと笑って、獣飼いは言う。

*

長い、長い、擦り切れるような時の果て。

意識が遠のき、自分ではないものになる感覚。

四つ足で駆けながら、己は考える。

なんだろう。大切なことがあった気が。

ざらざらとした記憶の中。一つの光景がはっきりと見える。

形代さまが倒れている。

このままでは壊れてしまう。
その光景だけが記憶に焼き付き、狂おしい焦燥に駆られて咆哮《ほうこう》する。
骨を持っていかないと。
どこに？
形代さまのところに。
それってどこだ？
迷える骨獣をかみ砕き、己は考える。
やがて思い出す。
日当たりの良い庭。よく叱られたあの縁側。
あの場所だ。
二人が待つ、あの場所に。
何度でも、何度でも。
大切な、あの人の傷が癒えるように。
……でも、あの人って誰だっけ。

＊

自分が消える。
記憶が飛んでいる時間が増えてきた。
何かできることはないか。
ずっと考える。
諦めているけれど、終わってしまうのは変えられないけれど。
跡取りになれなかった自分でもできること。
せめて、残せるものを。

＊

ああ、ああ、ああ。
たすけをもとめている。
だれだ。

ぼくのでしを、いじめたのは。
まもらないと。
でしは、ししょうが。
ぼくが、あのひとたちにしてもらったように。

＊

すりきれる。
なくなっていく。
とてもおおきないかりが、からだをしはいする。
ぼくはだれをなぶっている？
たいせつなひとを、まもらないといけなかったはず。
でも、
ぼくは、だれなんだっけ。

＊

――藍色の光。

＊

「もう、いいんだよ。……獣飼いさん」

＊

泣きそうな声で名前を呼ばれる。
それは、僕の本当の名前ではないけれど。
ちゃんと覚えている。思い出せる。
だってこれは、大切な名前。
あの人が――形代さまがくれた、僕の名前。

そうだ。僕は――

＊

ばらばらと、鎧《よろい》が剝がれるように折れ骸の姿が崩れていく。

その中から現れたのは、ほとんど肉体が壊れかけた獣飼いの姿だった。

雛が額を離すと、ぐしゃり、と足が砕け、獣飼いはその場にへたり込む。

だけど、その目は正気の光を取り戻しており、それまで彼を突き動かしていた衝動はどこにもない。

「先生……!?」

慌てて駆け寄ってきた琴葉に体を支えられ、獣飼いは形代を見る。そこではようやく手足を取り戻した継喪が、形代を助け起こしていた。

「形代さま、継喪さま」

ひどく穏やかな声で、獣飼いは形代たちに語りかける。二人は、今まさに崩れ去っていく元弟子を見て、何か言おうと口を動かしかける。

しかしそれに先んじて、獣飼いは二人に頭を下げた。

「本当に、すみませんでした」

継喪は目を見開き、形代は辛《つら》そうに顔を歪める。

「お二人には本当にご心配をおかけしてしまいました。弟子失格です」

「■■……」

ぽつり、と継喪は彼の名前を呼ぼうとした。出てきたのは意味をなさない音だけだ。

「でも僕は、形代さまの弟子になったことも、継喪さまに教えを受けたことも、それで失ったものも、何も後悔していません」

強い眼差《まなざ》しで断言する獣飼い。その場の誰もがその言葉に異論を挟めなかった。形代たちを見るその目は、それだけの説得力がある意思に満ちていた。

「だから、どうかもう気にしないでください。僕は、お二人に師事できて幸せでした」

獣飼いは、はかなく微笑《ほほえ》む。

形代はその笑顔を見ていられなくなったのか目をそらし、継喪は——何か答えようとして、結局出てきたのは憎々しげな一言だった。

「そんなに簡単に了承できるものではないでしょう。誰もがお前のようなお人好《ひとよ》しではないのですから」

「……でも、お二人が教えてくれたんですよ。相手の気持ちに寄り添いなさい、と」

それを言われると弱いのか、継喪は今度こそ黙り込む。代わりに声を上げたのは、獣飼いの体を支える琴葉だった。

「先生、やだよ……消えちゃうの……？」

涙に声を震わせながら、琴葉は獣飼いの服にすがりつく。

「消えないでよ……ずっとここにいてよ……！」

獣飼いはそっと彼を抱きしめると、優しく語りかけた。

「いい、琴葉くん？　これから君は一人で生きていくことになる。だけど、君を助けてくれる人はいるからね」

「助けてくれる人……？」

獣飼いは、視線を形代と継喪に向ける。それに気付いた琴葉は首を横に振りながら、言いつのる。

「やだ、だってあいつら先生の骨を……！」

「琴葉くん。もし君が僕の骨を食べて、生き延びることができるとなったら、僕は同じことをしたよ」

静かに、ゆっくりと獣飼いは諭す。

「だから ね、もう八つ当たりはおやめなさい。本当は自分でもわかっているだろう？」

琴葉はぐっと涙を堪《こら》えようと顔をぐしゃぐしゃにして、それから獣飼いの服に顔を埋《うず》めた。

獣飼いはさらに強く琴葉を抱きしめる。

「形代さまたちのことを悪く言う人はいるかもしれない。だけど、これからは本当に悪い人なのか、ちゃんと自分の頭で考えるんだ。……約束できる？」

「やだ、約束したくないっ！　消えないでよぉ……！」

声を殺して泣き続ける琴葉。獣飼いはその背をさすりながら、自分たちを見守る継喪へと目を向けた。

「継喪さま、介錯《かいしゃく》をお願いしてもいいですか」

びくりと継喪の肩が震える。獣飼いはそれに気付いているようだったが、申し訳なさそうに頭《こうべ》を垂れた。

「僕はもう、誰も襲いたくないんです」

刺すような沈黙。

響いているのは琴葉のすすり泣きだけ。

その場の全員が見守る中、継喪は立ち上がり、獣飼いの頭に触れようと手を伸ばし——

「待ってくれ！」

鋭く飛んだ雛の声に、継喪はぴたりと動きを止める。

雛はバランスが取れない体を必死に動かし、継喪に向き直った。

「一個だけ、試したいことがあるんだ」

「……試したいこと？」

「その前にまずは俺の手足繋《つな》げろよ、バカ継喪！　景気よくバキバキ折ってくれちゃってさあ！」

しんみりとした空気をぶち壊すように雛は暴れる。急に強気に出られた継喪は、らしくもなく狼狽《ろうばい》し、ちらりと形代に助けを求める目を向けた。

しかし形代から返ってきたのは、責めるような眼差しだった。

「継喪」

低く名前を呼ばれ、うぐ、と継喪は言葉に詰まる。そして少し躊躇《ためら》った後、足下に散らばっていた雛の骨に手を向けた。

地面が蠢《うごめ》き、骨を運びながら組み立てていく。まるで逆回しを見ているかのように、見る見るうちにただの骨の山だったそれは手足の形となり、雛の手足の本来あるべき場所へと戻っていく。

やがて雛の手足は元あった場所へと戻り、接合部分の傷痕すら残さず元通りになった。

雛は自分の手足の具合を何度も指を動かして確かめると、勢いよく立ち上がった。

「形代サマ、一個骨もらうからな」

地面に落ちていた形代の骨を拾い上げ、雛は何気なく口に含もうとする。形代は目を見開き、常ならざる大声で叫んだ。

「待て！」

雛は一応手を止め、そっぽを向きながら目だけで形代を見る。形代は顔面蒼白《そうはく》になっていた。

「それは、黄泉竈食《よもつへぐい》になる」

こちらを落ち着かせるように、ゆっくりと形代は告げる。

「……現世に、戻れなくなるぞ」

対する雛の目は冷めたものだった。ふーんとでも言いたそうに唇をとがらせ、それから向き直って声を張り上げる。

「うっさいばーか！」

そんな幼稚な暴言が返ってくるとは思っていなかったのか、形代は驚いて毛を逆立てた猫のように硬直した。そんな形代をびしっと雛は指さす。

「俺がやりたいからやるんだよ！　文句つけるな！」

言うが早いか、止める間もなく雛は骨の欠片《かけら》を口に含み、そのまま飲み込んだ。

骨が喉を通り過ぎるのを感じるうちに、やけに周囲の音が大きく聞こえ始める。今まで気付いていなかった靄《もや》が晴れるような感覚とともに、視界に魂の色が映り始める。

雛はその目のまま形代を見た。

「……やっぱりだ」

形代の体は、無数の色に光り輝いていた。しかしその光は混じり合っているわけではない。一つ一つが異なる色を出しているだけだ。

納得する雛に苛立《いらだ》ったのか、継喪が眉を寄せる。

「……何があったというんですか」

「形代サマの中に今まで食べた骨の光があるんだよ」

雛は形代の胸をまっすぐに指さす。そこには――獣飼いと同じ藍色の光が、粒のように交ざり込んでいた。

「俺の目には、形代サマの中にまだ、獣飼いさんの骨が交ざってるのが見えてる」

形代はその言葉の意味を理解し、大きく目を見開いた。

「……まさか、取り出すつもりか」

「そのまさかだよ！」

雛は形代の目の前にどかっと腰掛ける。

「形代サマのやってる骨浮かせるやつ、どうやんのか教えてよ。獣飼いさんの骨だけそれで取り出すからさ」

偉そうに腕を組みながら言う雛。血相を変えたのは継喪だった。

「いけません！　そんなことをしては、形代さまの骨が足りなくなります！　体がもちません！」

「だったらその間、お前がその辺に落ちてる骨で形代サマを補えばいいだろ！」

間髪を容《い》れずに言い返され、継喪は言葉に詰まる。

「できるんだろ、お前、自分が人形の血肉だって言ってたもんな！　人形を直すのは楽勝なんだもんな！」

「それは、できなくも、ないですが……」

もごもごと言いながら、継喪は再び助けを求めるように形代を見る。形代は真剣な眼差しを継喪に向けていた。

「俺からも頼む。試してみたい」

「しかし……」

「お前だって、このまま終わるのは嫌なんだろう」

　正面から自分の奥底にしまった部分を言い当てられ、継喪はぐっと何かを我慢するような顔をした後、頭をかきむしった。

「ああもう分かりました。やればいいんでしょうやれば！」

　やけくそになりながら継喪は言う。

　獣飼いは最初、そんな全員をぽかんとした目で見ていたが、話がまとまっていくのを察すると慌てて身を乗り出した。

「そんな、形代さまが危険を負うぐらいなら、僕は……！」

「うるっさいな獣飼いさんもさあ！」

　ほとんど雷を落とすような叱りつけ方をされ、獣飼いは反射的に背筋を伸ばす。

「あんたがよくても、あんたがこのまま消えたらこいつらは悲しむの！　わかる!?」

　びしっと形代たちを指さし、雛は唾を飛ばす。そして、驚いたまま動かない獣飼いに、雛は鼻をふんと鳴らした。

「寄り添うってさ、結局そういうことなんじゃないの。ちゃんと相手の都合も考えてさ、ヒトリヨガリ？　ってやつにならないようにさ。違う？」

　傲岸不遜に真上から説教され、獣飼いの中に懐かしい思いがにじみ出る。

『相手の心に寄り添って、相手が何を考えているかちゃんと考えてから行動しなさいと言っているのです、この向こう見ずの考えなしの能天気のアホタレが！』

かつてぶつけられた継喪の言葉を思い出す。

……そうだった。あの時、寄り添えと言われた意味は、これだった。

そんな獣飼いの袖を、小さく琴葉は引いた。

「先生……」

潤んだ目で訴えられ、獣飼いは自分に勝ち目はないと悟る。

間違っていたのは、自分のほうだったのだ、と。

「ううん、違わないね」

ゆっくり首を横に振り、獣飼いは雛の言葉を肯定する。そして、覚悟を決めた三人に向き合った。

「よろしく、お願いします」

雛は満足そうに鼻を鳴らすと、形代の体へと手をかざした。

幸いにも形代の体のあちこちは崩れている。中の骨を取り出すには、浮かせるだけで事足りそうだ。

「指先から出た糸を繋げるような感覚だ」

「糸？　釣りみたいな？」

「その認識でいい。骨の一つ一つに糸を繋げて、一つずつ引き抜いていけ」

「……やってみる」

指先に力を込めると、自分の魂に宿る光が指先から細く伸びていく。さすがに複数本一気にとはいかない。形代の言う通り、一つずつやるしかない。

獣飼いの骨が集中しているのは、形代の胸あたりだ。きっと、そこにあった穴を埋めるために使われたのだろう。

雛は光の糸をさらに伸ばし、形代の体へと侵入させる。手始めに一番近くにあった骨の欠片に巻き付け、引っ張った。

「ぐっ……」

思ったよりもあっさりした感触で骨は抜ける。しかし、形代には苦痛があったらしく、小さくうめき声を上げた。

骨を抜いた姿勢のまま、雛は形代に確認の視線を向ける。形代は何かをこらえるような顔をしながら頷《うなず》いた。

さらに糸を引き、砕けている肌の部分から骨を引っ張り出す。抜けた骨は継喪が引き継ぎ、獣飼いの体へと入れていく。

「いい、続けろ」

足下にはせわしなく泥人形が動いていた。そこら中に散らばっている形代の骨の破片と、黄泉《よみ》に逝けなかった者たちの骨を集めてきているのだ。

「……続けるぞ」

さらに一本骨を引き抜く。がくんと形代の体が傾きかけ、慌てて継喪は泥人形たちの運んできた骨で開いた穴を埋めた。

一本、また一本と。

摘出される骨が増えるごとに、形代の中の藍色も減っていく。

気付けば、藍色はもう最後の一本になっていた。

「これで最後……」

形代の他の骨を傷つけないように、慎重にそれを引き抜く。形代の体から力が抜けかける。継喪が急いでその穴を埋め、倒れかけた形代を抱き留めた。

「形代さま……！」

強い負荷がかかった形代の体は冷え切っており、息もひどく乱れている。足下で形代のための骨を運んで回る泥人形たちも動きを止めて二人を見守っている。

やがて、形代は顔を上げ、汗で髪が張り付いた目元を細めて継喪に笑いかけた。

「助かった。礼を言う」

なんとか峠を越えたと安堵《あんど》しながら、雛は最後の骨を持って獣飼いへと向かう。そして、その骨は獣飼いへと吸い込まれていったが——獣飼いは戻ってきた自分の片手を何度か動かして、視線を落とした。

「……どうやら、黄泉に逝くには骨が足りないようです」

小さく呟《つぶや》かれたその言葉に、改めて雛は周囲を見回す。

あれだけ激しい戦闘があったのだ。その拍子に獣飼いさんの骨もその辺りに落ちてしまっていてもおかしくない。

だが、いくら目をこらしても藍色の光は見当たらなかった。

「そんな、ここまで来たのに……」

雛は悔しさに顔を歪《ゆが》めて、うつむく。

その時——自分の服の中から藍色の光が漏れていることに雛は気がついた。

藍色の、獣飼いの魂の色。

慌てて胸元を探る。そこに入っていたのは獣飼いから貰《もら》った巾着だった。

ひっくり返すと、その中身が手のひらに転がり出る。

小さな、骨だ。

「これ……」

「……ああそうか。そういえば、君に渡していましたね」

納得している獣飼いに雛は振り向く。

「それは、僕が本来、捜すべき骨獣だったんです。結局見つかったのは、腕を無くしてからでしたが……雛くんにならたべてもらってもいいかな、と」

獣飼いの口から出たなかなかの爆弾発言に、雛は一気に頭に血が上って声を張り上げた。

「じ、自分の骨をそんな風に渡すなよな！　もしかして何も反省してないの⁉」

「う……そう言われると何も言い返せないんですが……」

場違いなほど気まずそうに獣飼いは目をそらす。

しかし、目をそらした先にいた形代と継喪も彼に静かな怒りの目を向けていた。

「それは俺も問い詰めたいところですね」

「お前は馬鹿なのか？」

「お二人まで……」

逃げ場をなくしていく獣飼い。そんな彼の体は、小さな拳によってぽこっと殴られた。

見下ろすと、はち切れそうなほど頬を膨らませる琴葉の姿が。

「ええ……琴葉まで？」

「なんで心外みたいな顔してるんだよ反省しろ反省を！」

雛に追加で雷を落とされ、獣飼いは叱られた小さな子供のように縮こまった。

「すみませんでした」

「本当に反省したか？」

「お前は反省するふりだけはうまいですからね」

「もうしないと約束しろ」

「……先生のバカ」

全員から責められ、獣飼いはさらに縮こまる。

雛はふーっと息を吐くと、骨を持って形代の前にやってきた。

「ほら」

骨を差し出され、形代と継喪は目を丸くする。雛は無愛想にさらに骨を押しつける。

「最後はお前ら三人がやるべきだろ。ちゃんと話をして、納得して、送り出せよ！　そういうのじゃないと俺認めないからな！」

形代の手を取り、無理やりに獣飼いの骨を握らせる。

三人、と呼ばれた形代と継喪と琴葉は目を見合わせた。

そのままなかなか動かない三人に業を煮やし、雛は継喪の足を後ろから蹴りつけた。

「ほら、早く！」

たたらを踏んで、獣飼いの前に行く継喪。形代もゆっくりとだが立ち上がり、その横に並んだ。

獣飼いはそんな三人を見て、目を伏せて考え込む。

「ちゃんと話をして納得を……そうですね、はっきり言わないと伝わりませんよね。お互いに」

獣飼いは雛の言葉を小さく復唱し、それから何かを決心したのか顔を上げた。

「形代さま、継喪さま。最後に一つ、未練があるので聞いてくれませんか」

決意を秘めたその眼差《まなざ》しに、形代は頷く。

「それが黄泉路への障りになるのなら」

継喪はむっと顔をしかめたまま何も答えなかったが――否定もしなかった。それが答えのようなものだろう。

相変わらずかたくなな継喪に小さく笑い、獣飼いは雛に目を向ける。

「雛くんは言いましたよね。終わり方以外にも変えられるものはあると」

「うん。変えられるものはあるよ。俺は信じてる」

「……君は強いね」

穏やかに微笑《ほほえ》み、それから獣飼いは目を閉じた。

「僕も、本当はそうであったらいいなと思っていたんです。どんなに幸せな結末でも、どんなに不幸な結末でも、最後に黄泉に逝くことは変わらない。でも、残していけるものはある」

夢を見るような表情でそう言い、獣飼いは自分に寄り添う琴葉の肩を抱いた。

「僕は、この子を――琴葉を残していきます」

琴葉は目をぱちくりとさせて、獣飼いと形代たちを見比べる。

「この子には僕がしてきたこと全てをたたき込んであります。だからどうか、僕の残すものをお二人に受け取ってほしいんです。この子もきっと頑張るので、一緒に歩んであげてほしいんです」

何かを残す。

それが獣飼いさんが見つけた終わり方以外に変えられること。

雛はただ黙って、四人を見守った。――

これを決められるのは、骨拾いの役目じゃない。送る者と、送られる者。本人たちにしかできないことだ。

「人形たちの全てを許してほしいとは言いません。ただ……彼らに寄り添ってあげてほしい」

獣飼いは、深く頭を下げる。

「どうか、お願いします」

形代と継喪は、獣飼いの下げた頭を黙って見下ろしていた。

葛藤があるのだろう。思い悩んでいるのだろう。理解しようと努力しているのだろう。

このたった一度の願いで全てを清算できるほど、問題の根は浅くはない。

——先に答えたのは形代のほうだった。

「……わかった」

言葉少なにそれだけを答える。

だがそれは深く考えた末に、投げ出さずちゃんとたどり着いた結論だ。

対する継喪はなかなか答えなかった。

人形たちへの憎悪、怒り。

それらが、簡単に拭い去れるものではないと雛にもわかっている。

でも、きっとその感情の最初にあったのは失望と諦めだったはずだ。

期待していたから失望した。信じていたから諦めた。

だったら、その手がもう一度あちらから伸ばされたら？

その手が、大切な人のものだったら？

継喪は獣飼いを見て、戸惑いに顔を歪めていた。

寄り添えと言うのか。あれだけのことをした奴らに。自分を明確に拒絶したその子供に。

そう考えているのがありありと伝わる表情で、継喪は沈黙する。

だけど、内心ではきっと答えは決まっている。天邪鬼《あまのじゃく》な性分のせいで、それを伝える言葉が見つかっていないだけで。

雛はやれやれと息を吐くと継喪の隣に立ち、勢いよく脇腹を肘で突いた。

不意を衝《つ》かれた継喪は少し体を揺らがせ、隣の雛をにらみつける。雛は親指で獣飼いを示し、早く言えとジェスチャーをした。

その態度に怒りを覚えた顔をした後、継喪は偉そうに腕を組んで言い放った。

「か、考えてあげなくもありません。不肖の弟子の最後の願いですしね！」

ふんと鼻を鳴らしながらのその言葉に、獣飼いはぽかんと口を開け、それから嬉《うれ》しそうにへにゃりと頬を緩ませた。

「……なんですかその反応は」

「いえ、初めてちゃんと弟子と呼んでくれたなと」

心底嬉しそうに言う獣飼いに、継喪は羞恥から顔を赤くする。

「お前は昔から一言多い……！」

そのまま説教の続きに入ろうとする継喪を、形代は控えめに止める。獣飼いはくすくすと笑うばかりだ。

雛は、獣飼いにしがみついたまま戸惑っている琴葉に声をかけた。

「琴葉はどうする？」

「えっ……」

「形代サマたちと、一緒に頑張れるかって」

そうやって促すと、琴葉は迷うように目を伏せ、それから獣飼いに視線を向けた。

獣飼いは優しく微笑んでいた。

「琴葉。君にあとを任せたいんだ。僕のお願い、どうか聞いてくれないかな？」

両手でぎゅっと琴葉の手を握りながら、獣飼いは尋ねる。

琴葉はその場にいる全員を順番に見て、うつむき、しばらくしてぼそぼそと答えた。

「まだ嫌だけど……先生のお願いだし、やってみる」

その言葉に嫌みでも言おうとしたのか、継喪は口を開く。しかしそれよりも早く顔を上げた琴葉は、びしっと継喪を指さした。

「でも、次に雛をいじめたら許さないからな！」

それを言われてしまうと何も言えないのだろう。継喪は悔しそうに口を閉じて琴葉を軽くにらんだ。

そんなやりとりを見て、獣飼いはくすくすと笑う。形代も、ちらっと獣飼いを見た後、小さく笑った。

それから、ほんの少しの別れの時間の後、形代は骨を持って獣飼いの前に立った。

この骨を戻せば、彼は黄泉《よみ》へと逝ける。

向かい合って立つ獣飼いに小さく頷《うなず》かれ、形代は骨を額に近づけて目を閉じた。

「お前の未練は――[redacted]」

その言葉は風にさらわれ、獣飼い以外には届かなかった。

だが、それが正解だったと示すように、形代の持つ骨はほどけ、獣飼いの中へと消えていく。ぼんやりと、彼の体が薄く光り始めた。

誰も、何も話さない。

もう別れの言葉は尽くした。あとは終わるだけだ。

きらきらと彼の体が光の粒子となり、徐々に消えていく。

安らかな場所へ。
いずれたどり着く場所へ。
雛と獣飼いの目が合う。
——ありがとう、と。
最後に、彼の唇がそう動いた気がした。

エピローグ

翌日、骨組堂《ほねぐみどう》の自室で臥せる形代《かたしろ》の枕元で、継喪《つぐも》は神妙な顔をしていた。獣飼いを送った後、二人はろくに会話をしていない。それまで気力だけで立っていた形代が倒れてしまったからだ。

起きていたところで会話が出来たかどうかはさだかではないが。

ぴくり、と形代のまぶたが動き、ゆっくりと目を開く。

「……継喪」

枕元にいる彼の姿に気付いた形代が小さく名前を呼ぶ。継喪は叱られる寸前の子供のように大げさに肩を震わせた。

だが、そこから続いたのは沈黙だった。

いっそ問い詰められ、責められたほうが楽だ。

誰が見てもそう考えているとわかる仕草で、継喪は居心地悪そうに縮こまる。

やがて、継喪は小さく口を開いた。

「……知っていたのですね、あの折れ骸が彼だと」

「ああ」

あっさりと肯定され、だけど折れ骸を放置していた彼の気持ちも理解できる分、継喪は何も言えなくなる。

それはそうだ。自分にはわからないが、形代にも人形の魂の色は見えている。一目見て、折れ骸が彼だと気付いたはずだ。

そこで抱いたであろう葛藤と悲嘆に思い至り、継喪はそれ以上追及するのを止めることにした。

どうせ他の人形たちには分からない。これは、自分たちの心の中にとどめておくべきことだ。

継喪はこみ上げてきそうな感傷を頭の隅に追いやり、再度形代と向き合う。

「……形代さま」

「なんだ」

「雛《ひな》に、俺があなたを嫌っていると言ったそうですね」

「ああ」

一番聞きたかった本題を尋ねているというのに、その返事はあまりに簡素すぎた。

そしてそれゆえに、彼が勘違いをしていることが事実であるとありありと理解してしまい、継喪は一気に頭に血が上る思いがした。

「き、嫌っているわけ、ないでしょうが！　あなたは一体、今まで、何を見てきたんですか！」

どれだけ好意的に接してきたのか全く伝わっていなかった怒りを、勢いのまま形代にぶつける。しかし形代は困ったように眉を寄せただけだった。

「俺が悪いのか？」

継喪は言葉を失い、さらに怒鳴ろうとしたがそれを必死でこらえ、やがて脱力した。

これは、自分のせいだ。

「……いえ、伝えなかった俺が悪いですね、本当に……。言わなくても伝わっているものかと思っていました。あの子のことも……」

獣飼いのことを思い浮かべながら、ぼそぼそと継喪は言う。

雛に発破をかけられて、言葉を交わした別れの時間。

あの瞬間だけは、百年前のあの頃に戻れた気がした。

もっと早くちゃんと話をしていれば、また何か変わったのだろうか。

そう思ってしまうほどに。

「……俺たち、もう少し言葉を交わすべきだったのかもしれませんね」

うつむきながら、しんみりと継喪は言う。

その時、突然継喪の背後のふすまが、すぱんっと勢いよく開いた。

「メシだぞ、二人とも！」

湿った空気を吹き飛ばすように大声で言う雛。

その手にあるのは二人分の朝食だった。

「聞いたぞ形代サマ！　あんたら、食う必要がないだけで食事はできるんだろ！　だったら残さず食えばーか！」

勢いよく盆を畳に置いたせいで、わずかに味噌汁《みそしる》が畳にこぼれて染みになる。継喪は静かに青筋を立てた。

だがそれを叱りつける前に、形代は上体を起こし沈痛な声を雛に向ける。

「雛。なぜ、黄泉竈食《よもつへぐい》をした」

「あんたらが勝手にしてるから、俺も勝手にしてるだけ」

生意気そのものの顔で堂々と雛は言い放つ。形代が言葉を失っていると、雛は持参した急須からお茶を入れながら話し始めた。

「獣飼いさん見てて再確認したんだけどさ」

こぽこぽと音を立てながらお茶が湯飲みに流れ込んでいく。

「あの人、きっと送るのが俺たち以外だったら、あんなに満足した顔で黄泉に逝けなかったと思うんだよな」

さらりと言われた言葉に、獣飼いの最後の表情を思い出したのか、形代は辛《つら》い気持ちと安堵《あんど》の気持ちが入り交じったような顔で目を閉じる。

「……ああ」

開け放たれたふすまからは庭の景色が見える。

日の当たる地面を、雀《すずめ》が数羽連れだって跳ねている。

「でさ。魂を黄泉の国に送るのってさ、どれだけ早く送るかじゃなくて、誰がどうやって送るのかが一番大事なんじゃないかなって思うんだよ」

「誰が、どうやって……」

「だから、俺も父さんと母さんの魂を自分で見つけて、自分の手で送ることにした！　それだけ！」

二人分のお茶を入れ終わると、雛はその場にどかっとあぐらをかいた。

「そういうわけでもうしばらくお世話になるから！　送り終わったら帰る方法探すつもりだし、跡継ぎになる気もないけど！」

その堂々とした様子に、形代はぽかんと口を開けて雛を見ることしかできない。

継喪は、はぁと嘆息した。

「この調子なのです。なんてわがままで身勝手な」

やれやれと仕方なさそうに首を振る継喪。

形代はそんな継喪をじっと観察していたが、ふと思い立ったように口を開いた。

「……継喪のほうがずっとわがままで身勝手だと思うが」

「なっ……」

「雛に何の説明もなく骨拾いを押しつけようとしていたのは卑怯《ひきょう》だし、そもそも俺はそんなこと望んでいない」

「それは……」

「無茶をしないように過保護にしたかったのは分かるが、手足を落として手元に置こうとしたのも気持ち悪い」

「うぐっ……」

予想外のタイミングでぐさぐさと突き刺され、継喪は何も言えないまま硬直する。

雛はそんな継喪ににんまりと笑うと、形代に囁《ささや》いた。

「形代サマ、形代サマ」

「なんだ」

「変態の人って言ってやって！　手足落として喜ぶ変態ーって！」

「変態の人？　継喪は変態だったのか」

「は、はあ⁉」

顔を赤くしたり青くしたりしながら継喪は言葉を探す。しかしほとんどが事実である上に釈明の余地もないので、なかなか返す言葉が出てこない。

そんな継喪を形代はふむと観察していた。

「言葉を交わすべきかと思ったから言ったが、どうだ？」

「ぐっ……」

自分たちに今足りていないことをされただけだと知り、継喪はますます何も言えなくなる。そんな彼を雛は形代の後ろからはやし立てた。

「やーい、自業自得ー」

「う、うるさいですよこのクソガキ……！」

怒り心頭に発する継喪に、雛は形代の後ろにひょいっと隠れて盾にする。

「うわ、こわっ。形代サマ、タスケテー」

「いじめるのはよくない」

首を横に振りながら、平坦《へいたん》に形代は継喪をなだめる。

何も出来ない悔しさに歯ぎしりをする継喪。そうしていると、ふと玄関のほうで物音がした。

「あ、客っぽい。迎えてくるね」

「あとで覚悟していなさいクソガキ！」

「ひぇーこわ」

おちょくるような声を出しながら雛は部屋から出ていく。

そして両親の人形を背負っている帯の位置をきゅっと直した。

結局自分は、両親の魂を送ることを優先する形になってしまった。

でも後悔はしていない。

それに現世に戻ることも諦めていない。

だから――

『[redacted]は、いつまでもお待ちしております！』

「……もうちょっとだけ待たせちゃうけど、ごめんな」

名前も思い出せないあの少年を思い、軽く目を閉じる。

でも絶対、絶対にいつかは返ってみせるから。

「ねー！　誰もいないのー！」

「はいはい、今行きますよーっと」

軽い調子で返事をし、雛は玄関に向かう。そこにいたのは、荷物を抱えてもじもじとする琴葉《ことは》だった。

「……謝りに来たんじゃないよ。謝ってもらいに来たんだからね！」

「はいはい、そうだな」

意地を張る琴葉を受け流し、雛は骨組堂に迎え入れる。


変わり始めている。

もう終わってしまった者たちだとしても。

いつか必ず本当の終わりを迎える者たちだとしても。

きっとまだ、変えられることはあるはずだから。

お便りはこちらまで

〒一〇二―八一七七
富士見L文庫編集部　気付
黄鱗きいろ（様）宛
yoco（様）宛

富士見L文庫

黄泉平良坂骨組堂《よもつひらさかほねぐみどう》

黄鱗《きうろこ》きいろ

2023年12月15日　初版発行

発行者　山下直久
発　行　株式会社 KADOKAWA
〒102-8177　東京都千代田区富士見2-13-3
電話　0570-002-301（ナビダイヤル）

印刷所　株式会社暁印刷
製本所　本間製本株式会社
装丁者　西村弘美

定価はカバーに表示してあります。

ISBN 978-4-04-075160-3 C0193